I0672944

SIMONETTA SCOTTO

IL DIO DELLA GUERRA

Youcanprint *Self-Publishing*

Ares sovrano, funesto ai mortali, sanguinario,
Indistruttibile, d'animo vigoroso, di grande forza,
Sempre imbrattato di stragi, ti rallegri del sangue omicida.

Canto orfico

PRECISAZIONE

Questo libro parla di agenti segreti, operativi sotto copertura, spie.

L'ispirazione nasce, come è naturale, dalle Agenzie dei Servizi Segreti, come la CIA americana, il SIS britannico, o qualunque altra di qualunque altra nazione, passando anche dal FBI e dai Corpi speciali dei vari Eserciti e della Polizia (pensiamo ad esempio ai GOI, ai NOCS, ai SWAT o ai SEAL...).

L'Agenzia di cui parlo qui è puro frutto di fantasia, in quanto differisce, dalle normali Agenzie di Servizi Segreti, nell'organizzazione che è di tipo prettamente militare, con una gerarchia e dei Gradi che corrispondono esattamente a quelli dell'Esercito e che sono riconosciuti a livello governativo.

Ha persino una propria Corte Marziale con diritto di giudizio e di pena come quella militare.

Specifica uno dei protagonisti, anch'essi di pura fantasia:

"Noi siamo sempre in guerra, quindi le nostre pene sono severissime e, anche se non ci piace ammazzare i nostri uomini, siamo pronti a farlo quando essi si siano resi colpevoli di reati tanto gravi da prevedere una condanna a morte".

Si potrebbe quasi pensare a una branca militare ma con proprio regolamento, proprie leggi che vengono applicate senza problema alcuno.

Ha uno stretto legame con l'Esercito regolare col quale spesso partecipa ad azioni e missioni estremamente pericolose.

Come viene riferito dai personaggi stessi:

"... Ci chiamano per risolvere delle situazioni, a volte stagnanti, in maniera definitiva. Così sono disposti a chiudere un occhio sui nostri metodi, secondo alcuni un po' troppo drastici, ma decisamente efficaci.... O quando hanno bisogno di uomini che non abbiano paura di lasciarci la pelle..."

Sono infatti uomini sottoposti a un addestramento durissimo, come durissima sarà la loro vita, e quindi pronti a tutto, anche a "morire se sarà necessario".

Per queste caratteristiche sono stati soprannominati *"BlackArchangels"*, Arcangeli neri.

Le missioni sono tutte inventate, benché si riferiscano a problematiche veramente esistenti nel nostro mondo così travagliato.

Questa precisazione è utile al lettore per impedirgli di cercare una corrispondenza con una realtà inesistente.

L'autrice

Titolo | Il dio della guerra

Autore | Simonetta Scotto

ISBN | 978-88-91169-57-0

Youcanprint Self-Publishing

Via Roma, 73 – 73039 Tricase (LE) – Italy

www.youcanprint.it

info@youcanprint.it

Facebook: facebook.com/youcanprint.it

Twitter: twitter.com/youcanprintit

Questo è il 6° dei miei libri; pur essendo un romanzo a sé stante, come tutti gli altri, ha dei riferimenti ai libri precedenti:

"La morte non la puoi ingannare" Ed. Pagine

"Magda Dexter" Ed. Albatros il Filo

"Operazione Filadelfia" Ed. Youcanprint

"O con lo scudo o sullo scudo" Ed. Youcanprint

"Il Gatto e la Volpe" Ed. Youcanprint

Chi fosse interessato ad approfondire le fasi di questa storia, può leggerli, troverà azioni e fatti che lo aiuteranno a seguire meglio il lavoro e la vita privata dei miei protagonisti James Clark e Steve Harris.

Il 7° libro, in preparazione, si intitolerà "Il diario di Mary Green"; in questo romanzo James e Steve avranno l'incarico di proteggere l'Ambasciatore di Israele e sua moglie da un possibile attentato durante una favolosa crociera nei Caraibi. Purtroppo il killer ucciderà degli innocenti prima di compiere il delitto per cui era stato assoldato. Riusciranno i nostri operativi a scoprire l'identità del sicario e a salvare il Diplomatico e la moglie?

Chi volesse conoscermi meglio può andare a curiosare nel mio sito:

http://simonettascotto.wix.com/scrittrice-

O contattarmi su Twitter:
@simonettasc

O su Facebook:
Simonetta Scotto Vivaldi

Ai nostri Marò

Massimiliano Latorre e Salvatore Girone

PREFAZIONE

Ti accingi a leggere con il consueto gusto un romanzo d'azione, uno di quelli a cui ci ha abituati Simonetta Scotto, con i suoi oramai famosi James e Steve, e, inaspettatamente, ti trovi immerso in un ginepraio di aspetti e questioni di carattere sociale, morale, psicologico, e così via.

A cominciare dal "protagonista negativo" di questo intrigante romanzo che porta il titolo altisonante "Il dio della guerra"; infatti Bob Anderson è un ex agente operativo, ben conosciuto dai nostri amici, che furono costretti ad arrestarlo, durante una missione in Guatemala, per il reato gravissimo di alto tradimento.

E qui si pone una domanda: quanto può nuocere un uomo addestrato nei Servizi segreti che, per le ragioni che la Scotto ci spiega in seguito, devia dalla retta strada e intraprende un percorso criminale?

Non un comune delinquente, ma un soggetto esperto nelle più sofisticate tecniche di guerra e di guerriglia, un uomo di abilità raffinata e capacità difficilmente gestibili da comuni forze di Polizia.

Infatti per i delitti in serie si palesa subito la possibilità, anzi la certezza, che siano compiuti da uno di loro, da uno che, come James e Steve, ha avuto un addestramento psicofisico di altissimo livello.

Inizia quindi una caccia all'uomo avvincente, intessuta di astuzie e di imprevisti, fino all'episodio finale in cui uno dei due protagonisti, prigioniero dell'agente deviato, tenta di persuaderlo a recuperare dentro di sé il senso dell'onore e dei valori che anni prima lo avevano indotto a scegliere di essere al servizio degli altri.

Dal dialogo finale scaturiscono ulteriori spunti di meditazione, in quanto il "cattivo" era diventato tale per riparare gravi ingiustizie che avevano devastato la sua vita, prima fra tutte la morte della madre tra atroci sofferenze.

Queste condizioni estreme di tormento fisico e psichico, possono essere ragione sufficiente a giustificare, o per lo meno a capire, il comportamento del deviato agente?

Spunto di riflessione che ancora una volta, anche in questo romanzo, l'Autrice, quasi con noncuranza, pone alla nostra attenzione.

Nel finale torna l'azione che, comunque, pervade tutto il racconto, iniziando dalla narrazione dell'ultima missione del colpevole, nel suo più attraente aspetto e che condurrà all'ultimo atto che, naturalmente, mi guardo bene dal rivelare.

Buona lettura.

Ignazio Longiave

I

Erano trascorsi oramai quattro mesi dalla nostra ultima missione in Afghanistan[1], dalla quale avevamo corso il rischio di non fare più ritorno.

Steve, Steve Harris, il mio migliore amico, un fratello per me, ne portava sul corpo un ricordo perenne: un proiettile gli aveva bucato un polmone, passandogli a un centimetro dal cuore e gli aveva lasciato sul petto una vistosa cicatrice.

Quella volta avevo proprio temuto che morisse; in realtà, quando, dopo un feroce attacco dei talebani, l'avevo trovato per terra esanime, in un lago di sangue, avevo avuto paura che fosse già morto.

Fortunatamente invece il suo cuore batteva ancora e, mentre lo imploravo di restare con me, di non lasciarmi solo, aveva aperto gli occhi ed era riuscito a parlarmi sebbene con estrema fatica.

Mi aveva sussurrato che stava morendo, che non poteva più respirare e aveva chiesto perdono a Maureen, la sua fidanzata, e a me, per il dolore che ci stava arrecando.

Poi aveva perso conoscenza; con l'aiuto di Brown, un nostro compagno che era provvidenzialmente accorso in mio aiuto, l'avevo portato in braccio fino all'ospedale allestito in caserma, dove l'intervento tempestivo del Colonnello medico Burtler gli aveva salvato la vita.

Sembra che anch'io sia stato lì, lì per lasciarci la pelle mentre donavo il sangue a Steve, ma non so esattamente cosa sia successo, probabilmente un collasso dovuto allo stress, alla fatica e al troppo sangue che mi era stato prelevato.

La pressione era crollata di colpo; mi ricordo solo una grande stanchezza, il suono di un apparecchio, come un fischio, la

---

[1] Vedi della stessa autrice: "Il gatto e la volpe"

voce concitata e lontana dell'anestesista che gridava: "Presto, Jonny, lo stiamo perdendo", qualcosa che mi schiacciava violentemente il petto, e poi il buio.

Burtler mi spiegò che il mio cuore si era fermato e che avevano dovuto rianimarmi con un massaggio cardiaco.

Comunque ce l'eravamo cavata tutti e due.

Ora ci stavamo godendo un meritato periodo di riposo insieme alle nostre "ragazze": Julie, mia moglie, e Maureen, sua sorella e fidanzata di Steve.

Il giorno di Natale avremmo dovuto recarci tutti insieme a Baltimora; là Steve e Maureen avrebbero annunciato il loro fidanzamento ufficiale ai genitori.

Sarebbe stata una splendida festa nella festa.

Purtroppo proprio quel giorno, Steve e io eravamo in Afghanistan sotto l'attacco dei talebani e proprio quel giorno eravamo arrivati praticamente tutti e due in punto di morte.

Per questa missione i nostri Superiori avevano assegnato a entrambi un encomio solenne, una medaglia al valor militare e, soprattutto, il diritto a un periodo abbastanza lungo di congedo per convalescenza.

I miei suoceri, Benjamin e Susan, dispiaciuti del fatto che noi non eravamo potuti andare a Baltimora per le festività natalizie, e avendo appreso che per un po' io non sarei partito, decisero di farci una bella sorpresa e vennero a trovarci a Washington.

Arrivarono all'improvviso; Julie, presa alla sprovvista, per impedire loro di scoprire che Maureen e Steve convivevano già nella casa che lei aveva ereditato da Magda[2], insistette che si fermassero ospiti a casa nostra.

Non potei non darle ragione; i suoi genitori, infatti, non sapevano ancora che fra la figlia minore e Steve fosse nata una storia d'amore e che intendessero sposarsi, quindi prima di tutto bisognava dare l'annuncio formale, poi il resto sarebbe

---

[2] Vedi della stessa autrice: "Magda Dexter"

venuto da solo senza sconvolgimenti emotivi.

Sistemati il padre e la madre, disse alla sorella e al futuro cognato che era arrivato il momento di ufficializzare il loro amore e che presto avrebbe organizzato una serata speciale per festeggiare tutti insieme questo lieto evento.

Un paio di giorni dopo, Julie e Maureen, approfittando del fatto che i genitori erano andati a visitare i dintorni della città e che sarebbero rientrati solo per cena, si misero al lavoro fin dal mattino presto.

Prepararono la tavola imbandita per le grandi occasioni, riempirono l'appartamento di luci e di fiori profumati sparsi ovunque, rendendolo particolarmente caldo e accogliente.

Al loro rientro i miei suoceri si stupirono di trovare la casa parata a festa, chiesero se era il compleanno di uno di noi, mio o di Steve, che nel frattempo era arrivato e che avevano accolto con grande gioia, pur non immaginando nemmeno lontanamente quello che c'era fra lui e la figlia minore.

Julie spiegò che avevano in serbo una sorpresa e che più tardi avrebbero saputo di cosa si trattava.

Probabilmente pensarono che ci fosse un bimbo in arrivo.

Dopo cena, stappata una bottiglia di Champagne, Maureen si alzò, prese la mano di Steve e annunciò al padre e alla madre che si amavano, che si erano fidanzati e che ora avremmo brindato tutti insieme alla loro felicità.

Passato il primo attimo di stupore, Benjamin e Susan abbracciarono Steve, chiamandolo "figlio" e dichiararono che erano contentissimi perché, dal momento stesso in cui lo avevano conosciuto, lo avevano preso subito in grande simpatia.

Aggiunsero anche che non potevano desiderare un marito migliore di lui per la loro "bambina".

Del resto è molto facile simpatizzare con Steve, perché è veramente un ragazzo straordinario: bello, intelligente, spiritoso, pieno di fascino e, dal mio punto di vista, anche forte, coraggioso e leale.

Solo, negli occhi di mia suocera, vidi passare per un attimo la stessa ombra di quando aveva conosciuto me: la paura che, dato il nostro lavoro, le sue figlie potessero restare vedove troppo presto.

Comunque fu una serata festosa, piena di gioia e di commozione; la felicità che stavano provando Steve e Maureen ci contagiò tutti e ci fece sentire realmente un'unica famiglia.

Intanto il corso di addestramento delle nostre reclute, di cui sia io che Steve siamo istruttori, finito anche il terzo trimestre, stava entrando oramai nel quarto; con nostra grande soddisfazione non c'era stata, dopo quelle dei primi mesi, nessun'altra rinuncia.

Anzi, i nostri ragazzi si mostravano sempre più impegnati e sempre più convinti della loro decisione di diventare degli agenti operativi dei Servizi.

A proposito, il Capitano Steve Harris e io, Capitano James Clark, siamo proprio due operativi del Corpo speciale d'azione di un'Agenzia di Servizi Segreti americana che ha sede a Washington, in un enorme edificio appena decentrato.

Apparentemente si tratta di una normalissima caserma dove vengono addestrati ragazzi che, terminato il Corso, potranno accedere ai Corpi superspecializzati dell'Esercito o della Polizia, ma in realtà la maggior parte di essi diventeranno, proprio come noi, agenti dei Servizi.

Il nome della caserma è "Generale Arthur Winter" che la fondò subito dopo la prima guerra mondiale; costui era un Generale dell'esercito che, a un certo punto della sua vita, maturò questa convinzione: i militari regolari erano troppo condizionati da regole restrittive che impedivano loro un'ampia libertà d'azione.

Decise allora di fondare un Corpo, di stampo militare certamente, ma con poteri che prescindevano nettamente dai vincoli burocratici un po' farraginosi delle forze armate, un Corpo i cui uomini sarebbero stati allo stesso tempo spie e operativi altamente specializzati e in grado di combattere ovunque e contro chiunque, usando metodi non sempre convenzionali.

Impose una disciplina ferrea e dei principi inderogabili: Dovere, Onore, Amore di Patria, Sacrificio; i suoi ragazzi dovevano essere pronti a donare la vita per il proprio Paese e per i propri compagni, dovevano difendere gli "innocenti" dai soprusi e dalla prevaricazione di gente prepotente e senza scrupoli anche usando delle metodiche al limite, e a volte oltre, della legalità corrente.

La loro scelta di vita doveva essere totalizzante e definitiva: dopo il giuramento l'unico modo per congedarsi era quello di morire!

Lo statuto prevedeva pene pesantissime per chi si fosse macchiato di una qualche colpa, fino alla morte nei casi più gravi.

Le reclute, selezionate con la massima severità e attenzione, venivano addestrate per due anni circa in maniera durissima per abituarle a una vita altrettanto dura; una volta superato questo periodo venivano utilizzate per missioni estreme col beneplacito del Governo e dell'esercito regolare che, messa da parte la diffidenza iniziale, le richiedeva spesso per operazioni ad altissimo rischio.

I componenti di questo Corpo furono ben presto soprannominati *"Black Archangels"*, per dei motivi evidenti: innanzi tutto un chiaro riferimento a Michele, l'Arcangelo guerriero, poi perché erano sempre pronti a proteggere chi aveva bisogno del loro aiuto, anche a costo della propria vita, erano disposti a morire ma anche a uccidere, erano feroci e crudeli quando era necessario salvare degli innocenti o far trionfare la giustizia.

Tutto questo vale anche ai nostri giorni: principi, regole, leggi, metodiche sono rimasti invariati nel tempo; logicamente ci sono continui aggiornamenti legati allo sviluppo della tecnica, della balistica, dell'informatica, della biochimica, ma i

BlackArchangels esistono sempre, anche se raramente, oramai, vengono chiamati così, e le richieste dei giovani per entrare a farne parte, spinti dalla necessità di ritrovare dei principi e dei valori purtroppo molto carenti nel mondo attuale, sono sempre più numerose.

Steve e io siamo appunto due di loro, abbiamo scelto consapevolmente questa vita e portiamo avanti la nostra scelta con profondo senso di responsabilità e di dedizione.

Gli operativi al massimo livello, come noi, hanno nella vita normale, al di fuori delle missioni, una copertura di base uguale per tutti: apparentemente siamo militari dell'esercito regolare appartenenti a dei Corpi speciali; questo per giustificare le divise che talvolta indossiamo, le partenze improvvise e le assenze anche prolungate.

Gli altri agenti invece che hanno incarichi vari, tipo indagini spionistiche in Patria o all'estero, ma anche, in caso di necessità, operazioni ad alto rischio come le nostre, hanno attività di copertura svariate: medici, ingegneri, avvocati, professori, ma anche professioni più semplici, specie nei giovani: studenti, camerieri, baristi, meccanici...

Spesso, da un momento all'altro, veniamo mandati in missione; allora dobbiamo lasciare tutto, la famiglia, il lavoro, qualunque altro impegno, e partire immediatamente per la nostra destinazione: gli ordini sono ordini e non si discutono mai.

Passarono alcuni mesi e fu un periodo piuttosto tranquillo.

Una notte d'estate, alle tre, suonò il mio telefono. Sentii Julie, accanto a me, mormorare nel sonno:

"James, non rispondere, ti prego, non rispondere".

E' oramai una specie di riflesso; se suona il telefono di notte o in qualche orario strano, mia moglie, poveretta, ripete, persino senza svegliarsi, questa invocazione.

Naturalmente risposi, era mio dovere, anche perché a quell'ora non poteva che essere il mio Capo, il Generale Fred Mitchell.

Infatti sentii subito la sua voce:

"James, vieni immediatamente... (mi diede l'indirizzo). Ho già chiamato Steve, vi aspetto".

"Obbedisco" risposi.

Mi infilai le prime cose che trovai, diedi un bacio a Julie, inforcai la moto e partii.

Steve e io arrivammo contemporaneamente in una strada del centro dove trovammo una grande quantità di poliziotti.

C'era addirittura una troupe televisiva che aveva ripreso la scena e che, per fortuna, stava allontanandosi; scorgemmo in un angolo Fred che parlava con il Capo della polizia, il Capitano Harry Mills.

Appena ci videro, fecero segno di avvicinarci.

"Ragazzi, venite a vedere".

Obbedimmo ed entrammo con loro in un vicolo laterale piuttosto sordido e sporco; per terra giaceva il corpo esanime di un giovane uomo con un evidente buco in mezzo alla fronte, probabilmente ucciso da una pistola calibro 9.

La bruciatura intorno alla ferita indicava che il colpo era stato sparato a distanza molto ravvicinata.

Aveva un viso anonimo, di quelli che li guardi e poi te li dimentichi subito; i capelli erano biondi, più lunghi del necessario, non molto puliti.

Gli occhi, chiari, erano sbarrati; poveraccio, doveva aver avuto molta paura prima di morire, la disperazione la si leggeva ancora sul suo volto contratto in una smorfia di terrore.

Vestiva un paio di jeans strappati in più punti, una maglietta grigia consunta con stampata sopra la faccia di un noto giocatore di baseball, un paio di scarpe da ginnastica piuttosto logore.

"Scusi, Capo, chi è?" Chiese Steve.

"Un balordo, un ladruncolo, ha fatto qualche rapina, una nostra vecchia conoscenza, insomma; l'abbiamo arrestato varie volte per reati del genere" rispose Mills.

"Scusi di nuovo, Capo, ma noi cosa c'entriamo? Non siamo mica della Omicidi" intervenni io.

Fred alzò gli occhi al cielo.

"James, se vi ho chiamati, vuol dire che in qualche modo è anche affar nostro, non credi?".

Abbozzai.

"Sì, certo, se lo dice lei".

"Ora, se avete un attimo di pazienza, il Capitano Mills vi spiegherà tutto".

Mills annuì e iniziò subito a parlare:

"Bene, ragazzi, fate attenzione. Dunque, una settimana fa abbiamo trovato il cadavere di un barbone, a pochi isolati da qui.

Era stato ucciso allo stesso modo: un proiettile in fronte con una calibro 9, una Beretta, normalmente in uso ai militari, a noi poliziotti, a voi e ai Corpi speciali.

Sulla scena del delitto non c'era nessuna impronta, nessun reperto organico, niente di niente.

Solo un biglietto, appuntato sul suo petto, con scritto:

"Questo è il primo gradino di una scala che mi porterà fino all'uomo più importante degli Stati Uniti".

Era firmato: "Marte, dio della guerra".

Abbiamo pensato subito a un mitomane.

Tre giorni fa un altro cadavere: un tossicodipendente che viveva per strada, compiendo scippi e furtarelli; recentemente si era messo anche a spacciare nella zona.

Era ridotto a un relitto umano, era malato di AIDS all'ultimo stadio; un povero disgraziato che presto sarebbe finito nella fossa.

Stesso quadro, stessa arma, stessa mancanza di indizi, solo un altro biglietto: "Questo è il secondo gradino". Stessa firma.

Anche lì niente impronte, però questa volta sul corpo della vittima abbiamo rinvenuto una carta di caramella accartocciata; doveva essere caduta di tasca all'assassino, mentre tirava fuori il biglietto.

La nostra scientifica è riuscita a ricavarne un'impronta abbastanza chiara, di cui abbiamo trovato un riscontro nei nostri database: appartiene a Bob Anderson".

"Vi ricordate di lui?" Chiese Fred.

Steve e io avevamo sussultato per lo stupore.

Come non ricordarsi di Bob Anderson?

Era entrato con noi, come recluta, nei Servizi, era un ragazzo bello, forte e determinato, con un sorriso accattivante e profondi occhi scuri; le ragazze gli morivano dietro, e confesso che per questo lo invidiavamo tutti un po'.

Aveva portato a termine il Corso di addestramento brillantemente, senza mai ricevere una nota di demerito, era diventato subito un operativo e aveva partecipato a varie operazioni, un paio anche con Steve e me, dimostrandosi sempre un ottimo elemento.

Dopo tre anni ci eravamo ritrovati nuovamente con lui in una missione comandata da un giovane e valorosissimo Ufficiale, il Capitano Jeremy Russell con il quale avevamo già lavorato alcune volte.

Purtroppo Russell morì nel 2002 in Iraq.

Aveva soltanto quarantadue anni; un cecchino, un solo colpo, e lui, che aveva combattuto in prima linea tante battaglie, non c'era più.

Dunque, la missione alla quale avevamo partecipato sia Steve, che io, che Anderson, oltre ad altri tre nostri compagni, si era svolta in Guatemala e aveva la finalità di sgominare un traffico di armi che si svolgeva indisturbato oramai da anni.

Purtroppo nonostante i nostri sforzi non riuscivamo a ingranare, i trafficanti riuscivano a sfuggire a tutti i nostri agguati o, se li intercettavamo, non li trovavamo mai con le mani nel sacco.

Eppure sapevamo esattamente chi erano, dove si trovavano e il percorso che facevano.

Un giorno Russell chiamò me e Steve.

"Ragazzi" disse "io so che di voi mi posso fidare ciecamente, ma non ho la stessa certezza degli altri vostri colleghi, non li conosco abbastanza.

Vi ordino quindi di tenerli sotto controllo costante, perché temo che uno di loro si sia venduto ai trafficanti e li informi di tutti i nostri movimenti".

La cosa ci sconvolse, non potevamo credere che uno dei compagni coi quali avevamo condiviso tante lotte, ci avesse tradito e avesse messo a repentaglio l'esito della missione e anche la nostra vita.

Comunque obbedimmo agli ordini; da quel momento diventammo l'ombra dei quattro ragazzi che erano con noi.

Dapprima ci sembrò che tutto si svolgesse nella norma, poi, una notte - avevamo organizzato dei turni di guardia: facevamo finta di dormire, ma uno di noi due a turno rimaneva sempre sveglio per indagare - mi accorsi che Bob, uscito dalla tenda che condivideva con un compagno, dopo essersi guardato attorno con circospezione, si stava allontanando furtivamente dal nostro accampamento.

Gli diedi un po' di vantaggio e poi mi misi a seguirlo; fatti circa trecento metri nella boscaglia, vidi che stava parlando con un uomo che riconobbi subito per uno dei trafficanti.

Purtroppo constatai anche che costui gli stava consegnando una mazzetta di soldi, mi sembrarono molti.

Ritornai sui miei passi, svegliai Steve, gli raccontai l'accaduto e gli confessai che mi sentivo profondamente deluso e ferito dal fatto che un nostro compagno, che consideravo un amico, avesse potuto ingannarci così.

Nel tempo, poi, mi capitò altre volte, per fortuna poche, di avere a che fare con traditori del genere, ma allora ero molto giovane e mi illudevo che noi, che facevamo parte dei Servizi, fossimo tutti quasi degli eletti, dei cavalieri senza macchia e senza paura, degli Arcangeli appunto, pronti a dare la nostra vita per il nostro Paese e per una giusta causa.

L'indomani mattina feci rapporto a Russell che mi ordinò di arrestare immediatamente Bob e di metterlo ai ferri nella sua tenda.

Non fu facile arrestarlo, nonostante fossimo andati in due, io e

Steve, perché naturalmente si ribellò con violenza e cercò di scappare; a fatica riuscimmo a immobilizzarlo e ad ammanettarlo.

Mentre lo trascinavamo nella sua tenda, dapprima tentò di corromperci, offrendoci grosse somme di denaro se l'avessimo lasciato andare, poi incominciò a insultarci dicendo che eravamo degli illusi e degli idioti se credevamo ancora nell'onestà e nella lealtà, che l'unica cosa che contava al mondo erano i soldi: l'onore, la gloria, il sacrificio erano tutte balle che ci avevano ficcato in testa i nostri istruttori per plagiarci.

Con grande fatica riuscimmo a portarlo nella tenda e a farlo sedere per terra; dovemmo legargli anche i piedi per evitare che fuggisse.

Arrivò Russell, fu molto duro, gli disse:

"Bob Anderson, ti sei macchiato del peggiore dei delitti, il tradimento.

Tu sai bene che la nostra legge prevede per i traditori la morte; dovrei farti fucilare seduta stante, ma ho deciso di sospendere la pena, non per te, tu sei colpevole e meriti di essere punito, ma per i tuoi compagni.

Infatti sono loro che dovrebbero imbracciare i fucili e scaricarteli addosso.

Francamente penso che ammazzarti nel bel mezzo di una missione sia per tutti psicologicamente controproducente, per cui tu resterai qui prigioniero, con il rigore massimo che prevede il nostro codice, fino al momento del ritorno in Patria.

Nello stesso istante in cui l'aereo toccherà terra, ti espellerò con ignominia - il mio grado me lo consente - dal nostro Corpo e ti consegnerò, come un qualunque civile, alla giustizia ordinaria.

Sarai processato e condannato per il traffico illegale di armi.

Augurati che riusciamo a sgominare al più presto la banda dei tuoi amici, perché fino ad allora non potrai muoverti da qui per nessuna ragione.

Uno dei tuoi compagni ti porterà del cibo e dell'acqua due volte al giorno e ti aiuterà a mangiare, ma non potrà mai rivolgerti la parola.

Ti controlleremo ventiquattro ore su ventiquattro; sappi che al minimo tentativo di fuga, l'ordine è di sparare".

Bob non mosse ciglio alle parole di Russell, non mostrò nessuna emozione, come se tutto questo non lo riguardasse per niente.

Russell ci ordinò di appoggiargli la schiena a uno dei pali, robustissimi, che sostenevano la tenda, di incatenarlo a esso e di legarlo con una cinghia anche all'altezza delle ginocchia.

Così gli sarebbe stato praticamente impossibile muoversi.

Naturalmente chiamò subito Fred, che era già il Capo degli operativi, e gli fece una relazione dettagliata dell'accaduto, gli comunicò anche che, invece di far fucilare il traditore, lo avrebbe espulso dai Servizi e lo avrebbe consegnato alla giustizia.

Lo pregò di far intervenire, al momento del ritorno, la Polizia alla quale lo avrebbe affidato.

Un paio di giorni dopo ci appostammo nella boscaglia lungo la strada sterrata che i trafficanti percorrevano abitualmente, per tendere loro un agguato; non dovemmo aspettare molto.

Dopo un'ora circa sentimmo il rombo di un motore; Russell controllò con i cannocchiali e confermò che una jeep e un camion erano in avvicinamento.

Ordinò di posizionare immediatamente una delle nostre jeep di traverso in modo da sbarrare il passaggio.

Arrivarono tranquilli, non aspettandosi di certo un'imboscata, dato che Bob, naturalmente, non aveva potuto avvisarli dei nostri movimenti; non appena, trovando l'ostacolo sulla strada, furono costretti a fermarsi, noi balzammo fuori dalla boscaglia con i fucili puntati e intimammo di scendere dai mezzi con le mani alzate.

Essi, colti di sorpresa, impreparati, assaliti dalla disperazione e dalla paura, tentarono una reazione; ci spararono addosso in modo molto scoordinato, ferendo, per fortuna solo di striscio, un nostro compagno.

Ci fu un breve scontro a fuoco nel quale restarono uccisi tre trafficanti; arrestammo gli altri due sopravvissuti che, vista la mal parata, si erano arresi, e li consegnammo alla Polizia locale che confiscò il carico completo.

Nel camion furono rinvenute grandi quantità di armi: fucili di precisione, pistole mitragliatrici, fucili da assalto, lanciagranate, munizioni…insomma, una bella provvista per i narcos e i loro mercenari.

La nostra missione era compiuta, ora potevamo rientrare in Patria.

Al momento della partenza portammo di peso sull'aereo Bob che, dopo essere rimasto tre giorni legato e completamente immobile, non riusciva più a camminare.

Obiettivamente non era in buone condizioni: era sporco, debole perché aveva rifiutato il cibo, si era accontentato di bere solo un po' d'acqua, aveva gli arti anchilosati, il viso e le braccia erano coperti di punture di insetti, ma aveva conservato il solito atteggiamento strafottente, come se non gli interessasse assolutamente niente di quale sarebbe stato il suo destino.

Quando l'aereo atterrò, Russell ci ordinò di mettere in piedi il prigioniero e di tenerlo ben fermo, visto che si reggeva a mala pena dritto, poi gli lesse la formula con cui lo espelleva con ignominia dal nostro Corpo; anche in quella occasione Bob rimase impassibile.

Quindi lo accompagnammo, tenendolo ben saldo, giù dall'aereo e lo consegnammo nelle mani dei poliziotti che erano venuti a prenderlo.

Seppi poi che era stato condannato a qualche anno di prigione, non mi ricordavo esattamente quanti.

Di lui perdemmo quasi completamente le tracce.

Girò voce che fosse diventato un mercenario che vendeva i suoi servizi al miglior offerente, di qualunque parte fosse stato.

Dopo un po' di anni venimmo a sapere che, stufo di fare il mercenario, si era deciso a fare il Body-Guard, sempre per chi gli dava un lauto compenso.

Chiesi a Mills se aveva idea di dove si trovasse in quel momento.

"No" mi rispose "abbiamo messo in moto tutti i nostri informatori, siamo andati a interrogare le persone per cui aveva lavorato, ma niente, sembra svanito nel nulla.

Ora tocca a voi: lo conoscete, avete lavorato al suo fianco, sapete quali sono i suoi metodi, dovete trovarlo".

"Ma Capitano" gli feci notare "noi non siamo dei poliziotti, siamo degli agenti operativi, trovare un assassino non è il nostro mestiere, è il vostro".

"James" ribatté "mi pare che quando siete andati a caccia dell'assassino di Magda Dexter, voi lo abbiate trovato e ammazzato, lui e il suo complice.

Ora vi chiedo di fare la stessa cosa, abbiamo bisogno del vostro aiuto; sai quale sarà l'ultima vittima, vero? L'ultimo gradino?".

"Beh, posso immaginarlo facilmente: il Presidente".

"Appunto, quindi è anche compito vostro trovarlo e renderlo inoffensivo, nel modo che riterrete più opportuno; naturalmente avete carta bianca".

Mi rivolsi a Steve:

"Steve, tu cosa ne pensi?".

Alzò le spalle.

"Si può tentare" mi rispose "però in due siamo troppo pochi".

"Non vi preoccupate di questo" intervenne Mills "io e la mia squadra saremo con voi; voi coordinerete l'operazione, e noi vi daremo tutto l'appoggio e tutte le informazioni che mano a mano ricaveremo dalle nostre indagini".

Guardai Fred, la sua espressione era fin troppo eloquente.

"Ragazzi, non posso ordinarvelo, perché non è un'azione strettamente legata ai nostri Servizi, ma sarei contento se accettaste, naturalmente con la regola solita: tu James comandi l'operazione e tu Steve sei il suo secondo. D'accordo?".

"D'accordo, incominciamo subito" dissi, anche se, francamente, non ne ero del tutto convinto.

Mills ci strinse la mano.

Poiché nel frattempo la Polizia mortuaria aveva rimosso il cadavere e lì non c'era più niente da fare, andammo con lui alla Centrale di Polizia; ci mostrò le foto dei primi due delitti, il biglietto dell'ultimo omicidio, uguale agli altri, solo che qui era specificato "terzo gradino", la carta della caramella da cui avevano ricavato l'impronta, le testimonianze di un paio di persone che avevano intravisto un uomo molto alto, robusto, vestito di nero, con un berretto calcato fino agli occhi.

Ci fece vedere anche la ricostruzione, il più dettagliata possibile, di tutti i movimenti di Bob dopo la sua scarcerazione, i luoghi dove si era recato come mercenario, le persone che aveva protetto come Body-Guard.

Avevano lavorato giorno e notte per mettere insieme tutte queste informazioni.

Mi complimentai con lui:

"Ottimo lavoro, Mills!".

"Grazie, ho degli uomini molto attivi; ma vi prego, dato che lavoreremo insieme, gomito a gomito, diamoci del tu e chiamatemi Harry".

Feci segno di sì con la testa, poi guardai Steve sperando che avesse qualche idea geniale; io in realtà non sapevo da che parte incominciare.

Mi sembrò che anche lui brancolasse nel buio.

Per il caso di Magda, la situazione era stata completamente diversa, avevamo avuto a che fare con un episodio che era accaduto durante l'ultimo conflitto mondiale, con delle spie e con dei neonazisti.

Quello era pane per i nostri denti, qui invece si trattava di una serie di delitti compiuti da una mente instabile: "il dio della guerra", pura follia!

Evidentemente negli ultimi tempi Bob era uscito completamente fuori di testa.

"Harry" chiese Steve "cosa sapete delle sue relazioni personali? Famiglia? Amici? Donne?".

"Poco, purtroppo. I genitori sono morti qualche anno fa, durante la sua carcerazione, non ha fratelli, non ci risulta che abbia altri parenti; gli unici "amici", per così dire, erano i suoi compagni di lotta, i mercenari: alcuni sono morti in combattimento, altri si sono sparsi per il mondo.

In quanto alle donne, mi risulta che, da mercenario, si divertisse con le prostitute che trovava nei paesi dove andava.

Da Body-Guard, sembra che se la facesse con qualche cameriera e, a volte, anche con qualche moglie dei suoi datori di lavoro; un paio di posti l'ha persi proprio perché il marito se n'era accorto.

Qui, recentemente, frequentava una ragazza che lavora in un bar.

L'abbiamo interrogata, ha dichiarato che è sparito da un giorno all'altro circa un mese fa, senza lasciarle detto niente e che comunque lei è contenta di non averlo più per i piedi, perché negli ultimi tempi era diventato violento e la picchiava spesso per un nonnulla; mi è parsa sincera.

Non sono al corrente di nessun altro tipo di relazione".

"Insomma, l'unica cosa che sappiamo con certezza, è che gli piacciono le caramelle di liquirizia" esclamò Steve che ama scherzare su tutto "non è una grande pista".

Mi venne un'idea, un po' azzardata, ma sempre un'idea.

"Hai ragione, non è granché come pista, però è sempre meglio che niente" risposi "può essere che siano delle caramelle particolari che non si trovino dappertutto. Harry, controlla, per favore che caramelle sono, chi le produce e chi le vende nella nostra città".

Sia Harry che Steve mi guardarono perplessi.

"Ma James, ti rendi conto che i rivenditori potrebbero essere migliaia?".

"Certo, ma è l'unico indizio che abbiamo in mano; tentiamo".

Mills annuì.

"D'accordo, in mattinata vi faccio sapere qualcosa".

Ci salutammo e ci demmo l'appuntamento da lì a qualche ora:

erano già le sette.

II

Quando finalmente rientrai in casa, Julie dormiva ancora; mi spogliai, mi coricai accanto a lei e incominciai ad accarezzarle i lunghi capelli rossi sparsi sul cuscino.

Mi piace molto toccarli e lasciarmeli scorrere fra le dita, mi danno una sensazione bellissima, perché sono morbidi e sembrano fatti di seta.

Julie sospirò, poi mi si avvicinò e appoggiò la testa e una mano sul mio petto; sentii la sua pelle a contatto della mia, respirai il suo profumo e venni preso da un irresistibile desiderio di averla.

L'abbracciai, le baciai gli occhi, la bocca, il collo; il suo corpo fu percorso da un fremito, si svegliò e mi sorrise.

"James" sussurrò "facciamo l'amore?".

Non me lo feci ripetere due volte: era proprio quello che volevo più di ogni altra cosa al mondo.

Dopo, restammo abbracciati ancora a lungo; sentivo il suo corpo accaldato, umido di sudore, stretto a me, il suo cuore che batteva forte vicinissimo al mio e, di colpo, sentii rinascere prepotentemente il desiderio.

Non potei trattenermi e la presi nuovamente con un ardore ancora più forte di prima.

Poi ci addormentammo sfiniti.

Purtroppo il nostro sonno durò poco, perché all'improvviso il telefono ci fece sobbalzare.

Pensai che sarebbe stata un'ottima idea tirarlo contro il muro e romperlo in mille pezzi, invece risposi.

Era Harry.

"James, ti aspetto, vieni, perché forse abbiamo qualcosa, ho già chiamato Steve".

Mi chiesi se anche Steve era stato preso dalla stessa voglia di spaccare il telefono che suonava sempre nei momenti meno opportuni.

Mi alzai, feci una doccia, mi vestii e uscii; in breve tempo giunsi alla Centrale e, pochi minuti dopo di me, arrivò Steve.

"Ragazzi" disse Mills "abbiamo fatto una ricerca sulle caramelle, anche se, francamente, non credevo che ci servisse a molto, a proposito, James, ti devo delle scuse; invece abbiamo scoperto che quella caramella di liquirizia viene prodotta esclusivamente da una piccola fabbrica artigianale.

I rivenditori, da migliaia, come avevamo temuto, sono scesi a soli sessantotto. Uno di loro, per combinazione, si trova proprio nel quartiere dove sono stati commessi i tre delitti.

Ho pensato che forse avreste avuto piacere di andare voi stessi a controllare; questo è l'indirizzo".

Prendemmo il biglietto che ci porgeva, inforcammo la mia moto e partimmo.

Il negozio in questione era una piccola drogheria all'antica, con gli scaffali di legno, sui quali spiccavano una serie di barattoli di vetro dai contenuti multicolori, sopravvissuta, non si sa come, alla concorrenza dei grandi supermercati.

Pensai che avrebbe fatto la gioia di qualunque bambino...e anche di molti adulti.

Al banco c'era una signora di mezz'età, rotondetta, sorridente e gentilissima; Steve le mostrò la carta e le chiese se vendeva quel tipo di caramelle.

"Certo" rispose "qui sono l'unica ad averle. Ho molti clienti che me le comprano, perché sono veramente ottime e fatte "come si facevano una volta", con la vera radice di liquirizia, senza aromi artificiali, senza coloranti e altre porcherie varie. Le volete assaggiare?".

"No, grazie, signora; vorremmo solo chiederle qualche informazione".

Tirammo fuori un tesserino che ci aveva consegnato Harry, da cui risultava che eravamo, a tutti gli effetti, dei poliziotti.

Sgranò gli occhi, poi ci guardò preoccupata.

"E' successo qualcosa? C'è qualche problema?".

Steve sfoderò il suo rassicurante sorriso.

"No, signora, tutto bene. Volevamo solo chiederle se fra i suoi clienti abituali c'è questa persona".

Io tirai fuori dalla tasca una foto di Bob, che ci aveva procurato Harry, e gliela mostrai.

La guardò attentamente, restò un attimo pensierosa, poi:

"Ma sì, certo, è quel bel giovanotto alto, robusto, sempre così gentile, che viene spesso a comprare queste caramelle.

Gli piacciono molto; mi ha detto, una volta, che non esistono al mondo caramelle migliori e ha aggiunto: "Eppure, le assicuro, che io il mondo l'ho girato parecchio". Per me è stata una grande soddisfazione".

Avevamo fatto centro al primo colpo!

"Ma" continuò la negoziante "ha combinato qualcosa di brutto? Perché lo cercate?".

"Niente di particolare, stia tranquilla, abbiamo solo bisogno di fargli qualche domanda, chiedergli alcune informazioni. Sa per caso dove potremmo trovarlo o dove abita?" rispose Steve.

Scosse la testa, quasi sconfortata di non poterci aiutare.

"No, mi dispiace, viene qui a comprare più o meno una volta al mese e fa una bella scorta; mi sembra, se non mi sbaglio, che sia venuto una ventina di giorni fa.

Sicuramente abita da queste parti, ma non saprei proprio dirvi dove. Mi è capitato, tornando a casa, di vederlo nel bar che c'è all'angolo, due isolati più avanti".

La ringraziammo per la sua disponibilità e le chiedemmo di non parlargli, se l'avesse incontrato, della nostra visita; prima che andassimo via, insistette che assaggiassimo le famose caramelle.

Dovemmo ammettere che erano veramente eccellenti.

Avevamo una piccola tessera del complicato puzzle che dovevamo mettere insieme; eravamo riusciti a circoscrivere, probabilmente, il quartiere dove viveva.

Per quanto avrebbe potuto benissimo abitare da tutt'altra parte e, visto che si recava una volta ogni mese a comprare le famose caramelle, averlo scelto come teatro dei suoi delitti, o meglio, dei suoi primi delitti.

Purtroppo non avevamo la minima idea della concezione che aveva di questa "scala", quindi non eravamo in grado di identificare una possibile prossima vittima né il luogo dove Bob avrebbe potuto agire nella sua follia.

L'unica cosa chiara era che il suo scopo finale mirava molto in alto, troppo.

Arrivammo fino al bar che ci aveva indicato la negoziante; prima di entrare guardammo dentro: c'era poca gente, forse era ancora presto, ma di Bob nessuna traccia.

Una volta entrati mostrammo al barista la foto e gli chiedemmo se conosceva quell'uomo; ci rivolse una sguardo pieno di diffidenza.

Dopo aver visto i nostri tesserini, sospirando prese in mano la foto, la guardò con studiata attenzione.

"Sì" disse "viene due, tre volte alla settimana verso sera, mangia un panino, beve una birra e poi se ne va".

"Parla con qualcuno?" chiese Steve.

"No, si mette sempre laggiù" ci indicò un tavolino in disparte in fondo al locale "non parla con nessuno, è sempre solo, non si guarda nemmeno intorno; non è un tipo molto socievole. Come vi ho già detto, mangia, beve, paga e se ne va".

"Sa per caso dove abita?".

"Mi dispiace, non so nemmeno come si chiama. Mi pare che arrivi dall'altra parte della strada. Un paio di volte che ho guardato fuori proprio mentre stava venendo, l'ho visto attraversare. Altro non vi saprei dire".

Poi ci fece la domanda di rito:

"Ma perché lo cercate? Ha combinato qualche guaio?".

Solita risposta:

"No, abbiamo solo bisogno di fargli alcune domande;

comunque grazie per la sua disponibilità.

Ah, per favore, se dovesse vederlo non gli dica che l'abbiamo cercato".

Annuì:

"D'accordo, d'accordo, sempre pronto a dare una mano alla Polizia".

Ritornammo al Distretto per fare a Mills una relazione di quello che la negoziante e il barista ci avevano detto.

Il tempo che avevamo a disposizione era, purtroppo, veramente poco: se Bob avesse continuato a uccidere con la stessa cadenza, dopodomani avremmo avuto un'altra vittima; inoltre non sapevamo di quanti gradini fosse formata questa scala ideale che si era costruito in testa.

Avrebbero potuto essere dieci, cento, non ne avevamo la minima idea, come non avevamo idea del tipo di persona che avrebbe colpito la prossima volta; non sceglieva le vittime con delle caratteristiche precise e nemmeno in qualche modo collegabili fra loro, eppure eravamo sicuri che uccidesse non a caso, ma con una sua logica che non riuscivamo a comprendere.

Era una strana situazione, conoscevamo perfettamente il nome dell'assassino, ne conoscevamo l'aspetto, ma non eravamo in grado di arrestarlo, era come cercare un ago in un pagliaio.

Avrebbe potuto nascondersi ovunque: c'erano centinaia di appartamenti in quel quartiere, centinaia di scantinati; prima di riuscire a controllarli tutti, avrebbe potuto ammazzare mezza città.

Consigliai a Harry di far appostare un paio di uomini a turno vicino al bar e di mettere delle ronde che girassero per il rione in continuazione.

"Ricordati" aggiunsi "che noi operativi siamo abilissimi, lavorando sotto copertura, a cambiare aspetto, quindi dì loro che controllino la statura, la taglia. Quelle non si possono cambiare, mentre si può alterare benissimo anche il modo di camminare, per esempio potrebbe zoppicare, o usare un bastone strascinando un piede...insomma, potrebbe apparire ogni giorno una persona diversa.

Per quanto, finché non sospetta che sappiamo esattamente chi è, è probabile che resti se stesso.

In fondo sia la negoziante, sia il barista lo hanno riconosciuto perfettamente.

L'importante è che la Stampa non venga a conoscenza, per ora, del fatto che l'abbiamo identificato. Lo metteremmo in allerta e non abbiamo la minima idea di come potrebbe reagire".

"D'accordo, James. Ti terrò informato".

Finalmente riuscimmo ad andare a casa, dove avevamo programmato di cenare tutti e quattro insieme, a un'ora decente; fu, come sempre, una cena improntata all'allegria.

Julie e Maureen per tutta la sera non fecero che parlottare fra di loro e ridere come due bambine.

Quando andarono in cucina per sistemare i piatti, Steve mi chiese:

"Secondo te, stanno architettando qualcosa?".

"E chi lo sa? Come fai a entrare nella testa delle donne? Certo che stasera sono strane".

"Io non direi che sono strane, direi che sono un po' più strane del solito. Proviamo a chiederglielo e vediamo se riusciamo a fargli confessare cosa hanno in mente".

Quando rientrarono in sala, Steve afferrò Maureen per un braccio, l'attirò a sé, se la fece sedere sulle ginocchia e, accarezzandole i capelli - anche quelli di Maureen dovevano sembrare di seta come quelli di Julie - le sussurrò:

"Ora la mia bambina, da brava, mi dice cosa sta succedendo".

Maureen rise, poi lanciò uno sguardo a sua sorella e rispose:

"Ma niente, amore mio, siamo solo contente di essere di nuovo qui tutti e quattro insieme, lo sai che ci piace molto fare queste cenette fra di noi. E' per questo che siamo felici".

Steve scosse la testa.

"Maureen, piccola mia, perché mi dici le bugie? Va bene, ho capito, ora confessa".

Così dicendo, incominciò a farle il solletico; Maureen cercò di liberarsi ridendo come una pazza, e più si divincolava, più Steve la teneva stretta.

Aveva una risata tanto comunicativa che, nel giro di pochi secondi, ridevamo tutti e quattro a crepapelle.

"Basta, basta Steve ti prego, non ce la faccio più" gridò con le lacrime che le rigavano le guance "Basta, mi arrendo, hai vinto tu. Ora però lasciami".

Steve la lasciò, lei si alzò e disse:

"Adesso aspettate qui, torniamo subito".

Prese per mano Julie e insieme si infilarono in cucina.

Dopo cinque minuti le luci si spensero, la porta si spalancò ed entrarono sorreggendo insieme una torta monumentale con sopra una quantità di candeline che mi sembrò una foresta in fiamme.

Julie mi venne vicino e mi baciò.

"Buon compleanno James, ti amo".

La guardai stupito. Compleanno? Ma che giorno era? Poi mi venne in mente: era il 20 Agosto e io compievo trentasette anni.

Per questo le candeline mi erano sembrate così tante!

Pensai che l'ultimo compleanno che avevo festeggiato era stato quello dei diciotto anni, subito prima di entrare come recluta nei Servizi.

La torta me l'aveva preparata mia zia, come per tutti i compleanni che avevo passato con lei dopo la morte dei miei genitori.

Restai senza parole, proprio non me l'aspettavo; Julie mi porse un pacchettino.

"Questo da parte della tua famiglia. Da Julie, da Maureen e da Steve".

Lo aprii, dentro c'era un magnifico orologio, troppo bello per me; non avrei nemmeno mai pensato di poterne avere uno simile.

"Steve, ma tu sapevi?".

"No, James, ti do la mia parola che mi hanno tenuto all'oscuro di tutto. Comunque auguri".

Si alzò e mi abbracciò, e lo stesso fece Maureen.

Poi mia moglie portò una bottiglia di champagne e confesso che ce la bevemmo tutta; non riuscimmo invece a far fuori tutta la torta, ma Julie scosse la testa:

"Non importa, intanto in frigo dura almeno tre giorni. Vuol dire che finché non sarà finita verrete a mangiare tutti qui".

A un certo punto Maureen abbassò la luce, mise su un CD, e una languida canzone d'amore si diffuse nella stanza.

"Sono tutti lenti e parlano tutti d'amore, mi sembravano i più adatti a noi" sussurrò Julie, e, porgendomi la mano, mi chiese:

"Posso avere questo ballo, signore?".

Mi strinse a sé e lo stesso fece Maureen con Steve.

Ballammo tutte le canzoni senza fermarci mai.

I nostri corpi, tanto incollati l'uno contro l'altro da darci la sensazione di essere nudi, le carezze e i baci che ci scambiammo mentre ci muovevamo lentamente seguendo la musica, lo champagne che avevamo bevuto, ci provocarono un'eccitazione e un desiderio che andarono molto rapidamente crescendo.

Quando arrivammo al massimo, ci rifugiammo nelle nostre rispettive camere - era già previsto che Steve e Maureen si fermassero a dormire da noi - e ci dedicammo al nostro divertimento preferito.

Quella volta non sentimmo i suoni inequivocabili dell'amore provenire dall'altra stanza, perché si confusero con quelli che provenivano dalla nostra.

L'ultima cosa che pensai prima di addormentarmi all'alba, fu:

"Speriamo che quel maledetto telefono non ci svegli troppo presto".

III

Fortunatamente Harry non chiamò prima delle nove e mezza; per quanto avessimo dormito solo poco più di quattro ore, fummo rapidamente in grado di raggiungerlo alla Centrale.

Disse che purtroppo, durante la notte, i suoi ragazzi non avevano avvistato nessuno che potesse corrispondere a Bob; avevano anche controllato se, a suo nome, risultasse una macchina, un telefono, o qualunque cosa che potesse darci un punto di riferimento.

Non avevano trovato nulla, praticamente Bob Anderson non esisteva; le sue tracce si perdevano subito dopo che aveva smesso di fare il Body-Guard, da allora su di lui non risultava più niente, nemmeno una multa.

Era evidente che si nascondeva sotto un falso nome.

Tornammo a interrogare Emily, quella che era stata la sua ragazza fino a circa un mese prima, sperando che potesse darci qualche indicazione, un indizio anche apparentemente irrilevante che invece avrebbe potuto metterci sulla buona strada.

La trovammo al bar dove lavorava; aveva un aspetto piacevole, capelli scuri a ricci, occhi verdi, un bel corpo slanciato, un viso sorridente.

Le mostrammo il tesserino e la foto di Bob.

Scosse la testa.

"Di nuovo!" Esclamò contrariata "Ho già detto tutto quello che sapevo ai vostri colleghi. Non so altro e non voglio sapere altro".

"La prego, signorina" disse Steve col suo famoso sorriso "sia gentile, solo qualche domanda, le prometto che non le faremo perdere troppo tempo".

Lei sbuffò, ma poi accettò.

"Cosa volete sapere?".

Continuò Steve a interrogarla, visto che con le donne ci sapeva fare meglio di me.

"Da quanto tempo lo conosceva?".

"Mah, più o meno sei mesi".

"Dove vi siete conosciuti?".

"Qui; veniva spesso a bere qualcosa e si fermava a fare due chiacchiere con me. Era simpatico, bello, affascinante; a poco a poco abbiamo preso confidenza.

Una sera mi ha aspettata fuori alla chiusura e mi ha accompagnata a casa; la nostra storia è incominciata così".

"E in questo tempo, avete vissuto insieme?".

"Sì, dopo circa un mese è venuto a stare a casa mia".

"Prima dove abitava?".

"Non lo so, non sono mai stata a casa sua, mi aveva detto che divideva un piccolo appartamento con un amico e che lì sarebbe stato un problema avere un po' di intimità, così andavamo sempre da me: io vivo sola.

Poi mi ha chiesto se poteva trasferirsi definitivamente; mi piaceva molto, forse ne ero anche un po' innamorata, e gli ho detto di sì".

"Com'era con lei? Era gentile? Come si comportava?".

Sospirò:

"Nei primi tempi era dolce e affettuoso, poi, circa un paio di mesi fa, all'improvviso, ha cambiato atteggiamento, è diventato violento, aggressivo, mi picchiava per delle sciocchezze; era un vero inferno vivere con lui".

"Non ha mai pensato di denunciarlo o di mandarlo via da casa?".

"Sì, un paio di volte, ma poi lui si metteva addirittura a piangere, mi implorava di non lasciarlo, mi diceva che senza di me non poteva vivere, che mi amava... Cosa volete che vi dica, gli ero affezionata e mi faceva pena, così lasciavo perdere; per un po' si comportava bene, poi rincominciava".

"E quando se ne è andato?".

"Circa un mese fa. Negli ultimi giorni era diventato taciturno, ombroso, se gli chiedevo qualcosa gridava, mi insultava, diceva che non dovevo tormentarlo, che dovevo farmi gli affari miei e lasciarlo in pace; aveva ripreso anche a picchiarmi.

Poi, una sera, quando sono tornata a casa dal lavoro, lui non c'era più, aveva portato via tutta la sua roba, poche cose in verità, e mi aveva lasciato il suo mazzo di chiavi sul tavolo della cucina.

E' sparito così, senza dire una parola, ma vi confesso che ho tirato un sospiro di sollievo".

"Lo capisco! Che sappia lei, ha mai ricevuto della posta, delle telefonate? Aveva un cellulare?".

"No, nei mesi che ha vissuto con me non ha mai ricevuto né posta, né telefonate. Mi aveva spiegato che era solo al mondo e che con quell'amico, con cui viveva, aveva litigato e non si parlavano più...Il cellulare?

Vi sembrerà strano, ma non l'aveva.

Mi aveva detto che lo infastidiva il fatto di poter essere contattato in qualunque momento, che si sentiva controllato; quando mi chiamava, lo faceva sempre da un telefono pubblico".

"Ha mai visto un suo documento? La patente, una tessera sanitaria? Una carta di credito?".

"No, mi dispiace, non ne è mai venuta l'occasione".

"E per i soldi? Partecipava alle spese? Affitto, mangiare, luce...insomma, le dava del denaro?".

"Sì, anzi, in questo era generoso. Mi aveva confidato che ne aveva guadagnato molto lavorando duramente e che finalmente ora poteva spenderlo; mi dava sempre contanti".

"Comunque, lei non sa dove sia finito?".

"No e non voglio saperlo, spero solo di non incontrarlo mai più sulla mia strada.

Però, scusatemi, perché lo cercate? L'ho chiesto anche ai vostri colleghi e non mi hanno voluto rispondere. Ha combinato qualche guaio grosso? Non avrà mica ammazzato qualcuno, vero?".

"No, signorina, si tranquillizzi, sono solo accertamenti, niente di particolare; se riusciremo a trovarlo, siamo certi che chiariremo tutto. Grazie della sua cortesia".

Ci allontanammo abbastanza delusi, ci sembrava di essere a caccia di un fantasma: appariva un po' qui, un po' là, spariva nel nulla, nessuno sapeva il suo nuovo nome, nessuno sapeva dove abitava.

"Sai James" mi disse Steve "temo che questa volta faremo una figuraccia".

"Non essere così pessimista, vedrai che prima o poi commetterà un errore, e noi lo incastreremo".

"Sarà" mi rispose.

Ci recammo poi al bar dove ogni tanto andava a mangiare; notammo subito due agenti di Mills che erano all'interno come due avventori qualunque. Entrammo, naturalmente facendo finta di non conoscerli, e loro fecero la stessa cosa con noi.

Ci riconobbe subito, invece, il barista.

"Se siete venuti per quel ragazzo, non si è più fatto vedere" disse immediatamente, e quasi con sgarbo, prima che potessimo aprire bocca; gli facemmo un cenno di saluto e uscimmo.

Ci era venuta fame, andammo in altro bar poco lontano a prendere il solito panino e la solita birra.

"James" esclamò Steve all'improvviso "mi è venuta in mente una cosa terribile!".

Mi preoccupai:

"Cosa?".

"Domani è il 22 Agosto: rincomincia il Corso di addestramento".

Aveva ragione, ce ne eravamo dimenticati, Bob ci aveva assorbiti completamente; da domani avremmo avuto molto poco tempo da dedicare alle indagini e, domani, lui quasi certamente avrebbe ucciso di nuovo.

Ma non potevamo comportarci altrimenti, dovevamo fare il nostro lavoro; le indagini le avremmo continuate nel pomeriggio e, se necessario, nella notte.

Tornammo alla Centrale, sperando che ci fosse qualche novità.
"Niente di niente" disse Harry scuotendo la testa.
Del resto, cosa potevamo aspettarci di diverso? Era stato uno di noi, conosceva perfettamente l'arte della copertura, del mimetismo; aveva fatto il mercenario, sapeva muoversi senza dare nell'occhio, sapeva nascondersi per non farsi trovare.
Era bravo, era proprio bravo; purtroppo l'unica scia che avrebbe lasciato dietro di sé sarebbe stata una scia di sangue, costellata di cadaveri.
Eppure ero sicuro che, prima o poi, anche lui avrebbe fatto uno sbaglio e noi saremmo stati lì, pronti a prenderlo nella rete.
Ma quanta gente avrebbe dovuto morire nel frattempo? E perché?
Se almeno fossimo riusciti a capire qual era il motivo per cui uccideva, forse avremmo potuto fare qualcosa per impedirglielo; purtroppo non è facile entrare nella mente di un uomo che è diventato pazzo.
Non poteva essere che così: era impazzito a tal punto da immedesimarsi in un dio, Marte, il dio della guerra.
Avremmo potuto battere a tappeto tutto il quartiere, ma a parte il fatto che ci sarebbero serviti troppi agenti, avremmo impiegato anche troppo tempo.
Non sapevamo veramente dove sbattere la testa, ci sentivamo impotenti e anche responsabili per la morte delle prossime vittime che non eravamo in grado di proteggere.
Poi, verso metà pomeriggio, arrivò una telefonata anonima.
Una voce contraffatta disse che l'uomo che cercavamo abitava in un appartamento situato a un'estremità del quartiere; ci diede l'indirizzo.
C'era la possibilità che fosse il solito mitomane, ma decisi di andare a controllare; prendemmo con noi due poliziotti,

indossammo i giubbotti antiproiettile, per quanto, se lo avessimo trovato, ci avrebbe sparato sicuramente mirando alla testa.

Avremmo dovuto semplicemente cercare di essere più rapidi di lui.

Inforcate le moto, ci recammo sul posto.

Lo stabile era piuttosto modesto, l'appartamento era al secondo piano; salimmo lentamente le scale ordinando alle persone, che si affacciavano alle porte per vedere cosa stesse succedendo, di chiudersi in casa e di non uscire per nessuna ragione.

Arrivati di fronte alla porta, suonai intimando di aprire: nessuna risposta; rimanemmo in ascolto: nessun rumore proveniva dall'interno.

Comandai di gettarla giù con un calcio; entrammo con i fucili spianati: tutto libero.

Perquisimmo l'appartamento apparentemente disabitato; nessun vestito, nessun oggetto personale che potesse ricondurci a Bob.

Se veramente c'era stato, se ne era andato dopo aver ripulito tutto in maniera meticolosa.

Stavo pensando di avere fatto un buco nell'acqua, quando un agente ci chiamò; in cucina, sotto un mobiletto, aveva trovato una caramella di liquirizia.

Era proprio una di quelle di cui lui era goloso, quindi aveva abitato lì, era evidente, però purtroppo era scappato; eravamo arrivati troppo tardi.

Ma come poteva sapere che stavamo per fare irruzione? Forse lo aveva avvisato qualcuno?

Interrogammo, uno per uno, tutti gli altri inquilini.

Ce lo descrissero, unanimemente, come un bel giovane tranquillo, gentile, sempre solo; non aveva mai portato nessuno a casa, né donne, né uomini.

Aveva preso in affitto quell'appartamento da circa un mese e mezzo.

Il padrone di casa, che abitava al piano superiore, ci mostrò il contratto regolarmente firmato; sul contratto era indicata, come documento di riconoscimento, la patente rilasciata, cinque anni prima, a un certo Frank Barrett.

Alla consegna delle chiavi aveva pagato due mesi anticipati.

Chiamai Mills, lo pregai di cercare qualunque notizia legata a questo nome; mi richiamò dopo dieci minuti: Frank Barrett risultava morto da quattro anni.

Mi venne l'idea che Bob stesse divertendosi alle nostre spalle; probabilmente era stato lui stesso a telefonare, subito dopo aver portato via le sue cose, magari per farci perdere del tempo o per tenerci impegnati mentre si stava spostando da qualche altra parte.

Ora sicuramente aveva un altro nome e un altro indirizzo; chiesi a Mills se era possibile risalire a tutte le case del quartiere che erano state affittate nell'ultimo mese.

Mi rispose che sì, era possibile, ma solo se esisteva un regolare contratto registrato; purtroppo spesso i padroni affittavano gli appartamenti in nero per risparmiare sulle tasse, per cui molti sfuggivano ai controlli.

Comunque mi avrebbe procurato al più presto l'elenco.

Steve mi fece presente che si era fatto tardi, che Julie e Maureen ci aspettavano e che, intanto, non eravamo in grado di fare niente di più.

Aveva ragione, naturalmente, non potevamo proprio fare nient'altro, ma io non riuscivo a non pensare che il giorno dopo Bob avrebbe ucciso di nuovo.

Arrivati a casa scoprimmo che, a parte una mega insalata, il piatto forte della cena sarebbe stata la torta del mio compleanno; ne mangiammo una quantità incredibile, poi quando incominciò a uscirci dagli occhi, decidemmo di tenere il resto per l'indomani sera.

Bisognava andare a dormire molto presto, visto che la mattina dopo rincominciava il Corso di addestramento; ci aspettava una giornata faticosa: fino al pomeriggio eravamo impegnati con le reclute, poi dovevamo dedicarci alle indagini, infine, ero sicuro che, nel bel mezzo della notte, sarebbe arrivata la telefonata di Mills che ci annunciava il ritrovamento del quarto cadavere.

A questo punto addio sonno, avevamo il dovere di alzarci subito e di andare a raggiungerlo.

Raccomandai a Steve di non stancarsi troppo quella notte, perché l'indomani sarebbe stato certamente un giorno pesante.

Mi rispose, strizzandomi un occhio, che non potevo decidere della sua vita intima.

Feci finta di offendermi:

"Capitano Harris, io devo fare in modo che lei domani sia riposato e in forma, non mi costringa a dormire nel suo letto".

"Va bene, Capo, sarò casto e puro come un agnellino".

Poi finse di darmi un pugno nello stomaco, prese Maureen per un braccio e la spinse in camera.

Julie rise.

"Anche il Capo sarà casto, questa notte?".

"Il Capo non è tenuto a essere casto, però è importante che riposi qualche ora. Mi affido al tuo buon cuore".

Fu una notte d'amore tenero, dolce, che non mi stancò, ma che al contrario, dopo, mi conciliò il sonno.

Al mattino, uscendo, vidi un pacchettino spuntare dalla cassetta delle lettere.

Lo aprii: era di Luise[3].

Lessi il biglietto che accompagnava un'altra piccola scatola fasciata con carta da regalo:

"Caro figliolo, ti mando questo piccolo pensiero per il tuo compleanno, spero che ti faccia piacere.

Quando eri un bambino il regalo te lo portavo personalmente, poi, dopo che sei andato a vivere con tua zia, non ho più potuto venirti a trovare perché per me era un vero e proprio viaggio, così te lo spedivo.

---

[3] Vedi della stessa autrice: "Il Gatto e la Volpe"

Quando sei tornato qui e sei entrato nei Servizi, Fred mi ha proibito di contattarti, non sarebbe stato "regolare", ma ora che sai tutto non ho potuto fare a meno di farti gli auguri.

Con tanto affetto. Tua Luise".

Aprii la scatola, dentro c'era una foto mia, da bambino, con i miei genitori, sistemata in una piccola cornice d'argento.

Andai indietro nel tempo: sì, mi ricordavo di una giovane donna, più o meno dell'età di mia madre, che mi portava sempre dei regali e che io chiamavo "zia"; e mi ricordavo che un regalo mi arrivava tutti gli anni, sia per il compleanno, che per Natale, quando abitavo con mia zia materna.

Lei mi diceva:

"Guarda, James, l'altra zia ti ha mandato un pacco, aprilo".

Una volta le chiesi chi era quest'altra "zia"; mi rispose che era una cugina di mio padre che abitava lontano.

Ora, finalmente sapevo chi era.

Steve stava in disparte a guardarmi.

"Posso partecipare anch'io?" mi chiese.

"Certo, guarda".

Gli mostrai la foto.

"Questo piccolo mostro sei tu?".

"Sì, proprio io".

"Per fortuna sei migliorato crescendo! E chi te la manda, se posso chiederlo?".

Dovetti mentire, Fred me l'aveva ordinato, e mi dispiaceva farlo proprio con lui.

"Una lontana cugina di mio padre".

Se ne stette e non mi chiese più niente, anche se capii che non era convinto della mia risposta; probabilmente gli sembrava strano che non gliene avessi mai parlato.

Al Corso ritrovammo tutti i nostri ragazzi che, rinfrancati da una pausa un po' più lunga del solito, perché aveva compreso anche le vacanze estive, si mostrarono pronti a riprendere con entusiasmo le loro esercitazioni.

Avevano incominciato ad abituarsi a noi e mi sembrò persino che mi odiassero un po' meno di prima.

Quando videro arrivare me e Steve, mormorarono:

"Eccoli, il Gatto e la Volpe sono qui".

Avevamo mantenuto il soprannome che chissà chi ci aveva affibbiato e che, comunque, era di nostra piena soddisfazione.

Nel pomeriggio, giunti alla Centrale, Mills ci consegnò un elenco di case affittate nell'ultimo mese: erano ottantasette.

Controllammo tutti i nomi al computer; apparentemente, risultarono appartenere a persone reali e, naturalmente, vive.

Di ognuna avremmo dovuto analizzare tutti i dati che era possibile ricavare, dalla loro nascita in poi; ci sarebbe voluto molto tempo, come sempre troppo e, come sempre, noi non ne avevamo.

Ci mettemmo subito al lavoro, ma arrivati all'ora di cena eravamo riusciti a ottenere informazioni sicure solo per una trentina che, per lo meno, avevamo potuto escludere dalla lista dei sospetti.

Rientrato a casa con Steve vidi troneggiare sulla tavola la famosa torta; stava diventando un vero supplizio.

Mentre salutavo Julie con un bacio, le sussurrai:

"Amore, la prossima volta, per favore, fai una torta un po' più piccola!".

Scoppiò a ridere, ma non ebbe pietà di noi: ci toccò mangiarla per la terza sera di seguito.

Steve sorrideva imperturbabile, inghiottendo un boccone dopo l'altro, però mi accorsi benissimo che, nonostante la sua inesauribile fame, se avesse potuto gettarla via senza farsene accorgere, lo avrebbe fatto molto volentieri.

Dopo cena le ragazze misero un po' di musica e ci raccontarono degli aneddoti della loro giornata; avevano un'innata capacità di cogliere il lato umoristico di ogni cosa e cercavano sempre di comunicarci la loro allegria.

Non riuscii, però, a essere di buon umore, nonostante facessi ogni sforzo per sembrarlo; l'idea che, magari in quel momento, Bob stesse compiendo un altro delitto, mi tormentava.

Bisognava assolutamente, anche quella sera, andare a dormire molto presto e cercare di riposare, perché da lì a qualche ora il telefono avrebbe certamente squillato per annunciarci che un'altra persona era stata ammazzata.

Decisi che quella notte sarei stato bravo, che mi sarei infilato sotto le lenzuola, girato dall'altra parte e ...buonanotte. Sì, avrei fatto proprio così.

Poi pensai come mi era difficile, praticamente impossibile, coricarmi vicino a Julie, sentire il profumo della sua pelle e dei suoi capelli, e non cadere in tentazione.

Allora presi una decisione quasi eroica.

"Steve" gli dissi "questa notte io dormirò con te e Julie con Maureen, così loro due potranno chiacchierare ancora un po' prima di addormentarsi e noi, in caso dovessimo uscire, non correremo il rischio di svegliarle".

Steve, che aveva già una mano sulla maniglia della porta della loro camera e l'altra mano stretta intorno alla vita di Maureen, si voltò a guardarmi stupito e decisamente contrariato; era chiaro che stavo per mandare all'aria tutti i suoi piani.

"Sei sicuro che sia una buona idea, James?" Mi chiese.

"Sì, sono sicuro, e poi questo è un ordine, quindi è inutile discutere".

Sospirò, diede un bacio a Maureen, poi venne verso di me.

"Obbedisco, però sappi che non sono per niente d'accordo".

Lo spinsi dentro alla stanza sussurrandogli:

"Neanch'io, Steve, ma è meglio fare così, credimi".

Dormimmo fin verso le quattro, poi, come mi aspettavo, il telefono suonò.

Sentii la voce concitata di Harry:

"James, vieni con Steve, per favore, Bob ha ucciso di nuovo".

IV

Il cadavere giaceva per terra, in un altro vicolo sporco e maleodorante; questa volta si trattava di una giovane donna.

Come le altre vittime aveva ancora gli occhi sbarrati e il volto contratto dal terrore.

Doveva essere stata graziosa, da viva, anche se il suo trucco era decisamente troppo pesante e piuttosto volgare; i capelli, corti, erano nerissimi, come i suoi occhi sbarrati.

Indossava una minigonna di pelle rossa aderente e una maglietta bianca di pizzo molto scollata, da cui si poteva vedere il reggiseno rosso come la gonna.

"Era una prostituta" disse Harry "aveva solo ventidue anni, ma era nel giro già da almeno quattro; è morta da circa un'ora.

Povera disgraziata, guardala, deve aver avuto una paura terribile prima di morire".

Sì, aveva ragione, doveva aver gridato, supplicato, pianto, implorato il suo assassino di risparmiarla; tutto questo lo si vedeva ancora dall'espressione degli occhi, dalla bocca spalancata in un urlo che la morte aveva pietrificato per sempre, e dal suo viso sul quale potevamo notare le lunghe strisce saline lasciate dalle lacrime.

Bob non aveva avuto pietà, del resto non era da lui averne.

L'aveva ritrovata un ragazzo che rientrava da solo e a piedi da una festa.

Ci avvicinammo per parlargli; era molto giovane, probabilmente non più di vent'anni.

Stava seduto sul sedile di un'auto della polizia, tenendosi la testa fra le mani; gli misi una mano sulla spalla e con la voce più calma e dolce possibile, lo pregai di raccontarci tutto.

Si agitò molto, incominciò a tremare.

"Quando l'ho vista lì, sdraiata per terra" disse quasi piangendo "ho pensato che stesse male o che fosse ubriaca. Mi sono

avvicinato per aiutarla, ma poi mi sono accorto del buco nella fronte, del sangue, dei suoi occhi sbarrati..." fu scosso da un brivido "così ho capito che era morta, e vi ho chiamati subito".
"Hai notato qualcosa di particolare, qualcuno che si allontanava?".
"No, non c'era nessuno, c'era solo lei, immobile, sembrava che mi guardasse..." altro brivido "...sul petto aveva quel biglietto, non l'ho toccato, ma l'ho letto: "Questo è il quarto gradino" e c'era una firma: "Marte, dio della guerra".
Ma chi è stato? Un pazzo? Avevo letto qualcosa di simile nei giorni scorsi sul giornale, ma non ci avevo fatto tanto caso; mai più avrei pensato di trovarmi in mezzo a quest'orrore".
Gli tremavano sempre le mani, anche se cercava di tenerle ferme stringendole fra di loro con forza.
Gli chiesi se aveva bisogno di bere un bicchiere d'acqua, di fumare una sigaretta, se voleva che chiamassi i suoi genitori.
"No, grazie, non ho bisogno di niente, sto bene, non voglio che i miei si spaventino. E' gentile, grazie comunque".
Dissi a Harry che forse era meglio lasciarlo andare a casa, intanto dubitavo che potesse darci qualche indicazione interessante.
Lo mandò via, però lo fece accompagnare da un agente, per maggiore tranquillità.

La scientifica batté a tappeto tutta la zona circostante, ma non trovò nulla che potesse esserci utile.
Bob sceglieva una vittima, non a caso, era evidente, ma seguendo una sua logica che noi non riuscivamo a penetrare, colpiva e poi spariva nel nulla, come un fantasma.
Non lasciava niente che potesse darci un appiglio, che potesse condurci a lui o alla sua nuova identità, a parte quella carta di caramella che gli era sfuggita senza rendersene conto.
Avevamo davanti a noi solo altri tre giorni per le indagini, e poi ci sarebbe stata la quinta morte.
Pensai che forse avevamo fatto male ad accettare quell'incarico,

noi eravamo gente da guerriglia, da spionaggio, da azioni di forza, da assalto; eravamo dei combattenti, non dei *detective* che davano la caccia ai criminali o ai pazzi.

Lo feci presente a Steve, che mi rispose:

"Perché, ti sembra che i poliziotti siano meglio? Non mi pare che abbiano fatto dei grandi progressi da quando è iniziato il caso; comunque avevi ragione tu, sono sicuro che alla fine riusciremo a trovarlo e a eliminarlo.

E dovremo farlo noi, il lavoro sporco ci tocca sempre.

Secondo me è proprio questo che si aspettano: che lo facciamo fuori togliendo a loro l'incomodo dell'arresto e del processo.

Pensa come sarebbe imbarazzante un processo in cui il colpevole spiegasse perché ha colpito varie categorie di persone, cosa che non sappiamo ancora.

Potrebbe venir fuori di tutto, specie considerando che bisognerà parlare del Presidente, del perché è stato inserito nella lista insieme a un barbone, un tossicodipendente, un ladruncolo, una prostituta e....non si sa chi saranno i prossimi.

Le sue rivelazioni potrebbero scatenare un putiferio, uno scandalo, quindi bisogna metterlo a tacere per sempre. E chi deve farlo? Noi, naturalmente.

Il problema è che si aspettano che lo facciamo prima dell'ultimo scalino; in fondo proteggere il Presidente, questo sì che è un lavoro alla nostra portata".

"Speriamo di riuscire almeno in quello! Però mi sento colpevole nei confronti di queste morti che non riusciamo a evitare".

Scosse la testa.

"Temo che nessuno sia in grado di farlo, Bob è troppo bravo, non per niente è stato istruito alla nostra stessa scuola".

"Sai, Steve, ritengo che dobbiamo rincominciare da zero, dall'inizio; per prima cosa bisogna rileggere tutti i referti autoptici, tutte le schede delle vittime, per vedere se riusciamo a trovare un filo conduttore. Ora avviso Mills".

Mi avvicinai a Harry che stava ancora parlando col medico

legale.

"Oggi pomeriggio, dopo le lezioni alle reclute, veniamo alla Centrale, prepara per favore i dossier completi delle vittime e i referti delle autopsie; li rileggeremo tutti, uno per uno".

Quando arrivammo, li trovammo impilati sulla scrivania dell'ufficio che ci avevano assegnato, un ufficio spazioso, con l'aria condizionata, dove nessuno ci avrebbe disturbati.

Ci mettemmo a nostro agio, bevemmo l'acqua che Mills aveva fatto portare, poi incominciai a leggere a voce alta; Steve ascoltava e scriveva i dati, che gli sembravano importanti, su di un grande tabellone, accanto alle foto dei cadaveri.

Dai referti del medico legale, risultava che erano morti tutti per un proiettile in fronte, sparato, a distanza ravvicinata, dalla stessa pistola, una Beretta calibro 9, che non era ricollegabile a nessun altro crimine.

Nessuno di loro aveva subito alcun tipo di violenza né prima, né dopo la morte.

Nessuno di loro aveva addosso un capello, della pelle, un qualunque reperto organico che comunque non ci sarebbe servito, dato che conoscevamo esattamente chi era l'assassino.

Nessuno di loro aveva cercato di difendersi, di lottare, di opporsi con forza all'omicida.

Il barbone era alcolizzato ed era malato di cirrosi epatica all'ultimo stadio; non sarebbe vissuto ancora per molto.

Il tossicodipendente e la prostituta avevano un'AIDS conclamata che li avrebbe uccisi in breve tempo.

Il ladruncolo invece era sano come un pesce.

Tirate le somme, il medico legale concludeva che, dato l'angolo con cui le pallottole erano entrate nel cranio delle vittime, i colpi erano stati sparati a distanza ravvicinata, dall'alto verso il basso, da un uomo di un'altezza compresa fra i 186 e i 192 centimetri.

Che costui aveva una mira eccezionale perché le aveva centrate tutte nello stesso punto con una precisione quasi millimetrica;

cosa che faceva pensare a un cecchino o comunque a un militare addestrato.

Steve mi guardò.
"Pensa James, potrebbe essere anche uno di noi due l'assassino, i dati corrispondono alla perfezione, a parte le impronte digitali, naturalmente".
"Però noi abbiamo un alibi per tutte e quattro le notti".
"Veramente per tre notti. Per la quarta, avresti il coraggio di dichiarare che io e te eravamo a letto insieme?".
Scoppiammo a ridere.
"Hai ragione, sarebbe imbarazzante! Per fortuna nessuno ce lo chiederà mai" risposi.
Questo scambio di battute scherzose mi fece venire in mente, improvvisamente, un fatto che avevo sepolto nella memoria da tanti anni.
"Steve, ti ricordi di quella notte, quando eravamo ragazzi, in cui parlammo per la prima volta fra di noi di sesso?" Gli chiesi.
Mi guardò con una smorfia di disgusto.
"Ti riferisci a quell'episodio orribile?".
"Sì, proprio a quello, che poi, visto oggi, più che orribile mi sembra quasi tenero: in fondo eravamo profondamente ingenui".
"No, ti assicuro che fu proprio orribile, e poi, più che profondamente ingenui, secondo me eravamo profondamente cretini".
Questo episodio "orribile" accadde diciannove anni fa.
Avevamo appena compiuto diciotto anni ed eravamo entrati da circa due mesi nei Servizi come reclute.
Ci eravamo ritrovati nella stessa stanza e avevamo subito simpatizzato; a poco a poco si era formato fra noi un profondo legame affettivo che è andato poi rafforzandosi giorno per giorno, che dura ancora e che durerà per sempre.
Una notte, prima di addormentarci, chissà come venne il discorso, incominciammo a parlare di "sesso".

Iniziammo con battute di spirito e apprezzamenti su alcune ragazze che avevamo conosciuto, ma, quando la conversazione arrivò al sodo, dovemmo confessare che nessuno di noi due ne sapeva molto, perché nessuno di noi due era ancora stato a letto con una donna.

Forse per estrema timidezza, forse per l'educazione severa che avevamo ricevuto, forse semplicemente perché non avevamo trovato la ragazza giusta che ci svezzasse...fatto sta che, a parte qualche flirt, non avevamo mai avuto esperienze concrete.

Parlando, incominciò ben presto a insinuarsi dentro di noi la paura sottile che avrebbe potuto esserci un'altra ragione, cioè che le ragazze non ci interessassero più di tanto e che quell'affetto così forte che ci legava potesse non essere solo amicizia, ma qualcosa di ben diverso.

Ci vennero in mente dei piccoli gesti, assolutamente innocenti, in verità, ma che in quel momento ci parvero quantomeno equivoci.

Questa ipotesi ci spaventò; nella nostra mente di ragazzi la paura crebbe esageratamente e divenne vera e propria angoscia. Dovevamo capire assolutamente, e subito, chi e cosa eravamo, in parole povere, se ci piacevano le donne o gli uomini, se eravamo amici o "innamorati", ne andava della nostra vita; ma in che modo?

Discutemmo un bel po' su come avremmo potuto dipanare questo dubbio che ci stava tormentando, poi ci venne un'idea un po' sciocca; non ricordo nemmeno chi di noi due la tirò fuori, però in quel momento ci parve ottima e decidemmo di metterla in pratica.

Avremmo fatto una prova, una cosa semplice, non impegnativa: ci saremmo scambiati un bacio, un bacio solo, ma un bacio vero, naturalmente.

Se avessimo provato piacere, avremmo dovuto ammettere che i nostri gusti, forse, erano un po' particolari; poco male in tal caso, in fondo non saremmo stati gli unici, e, per fortuna, nella società erano oramai caduti i tabù nei confronti di coloro che una volta venivano etichettati *tout court* come "diversi".

Ma era importante per noi saperlo, per essere pienamente coscienti della nostra identità sessuale.

Tirammo a sorte chi doveva prendere l'iniziativa; con mio grande sollievo toccò a Steve.

Ci mettemmo in piedi uno di fronte all'altro; Steve mi sorrise, mi prese per le braccia, sussurrò:

"Tranquillo!", non so se più per me o più per lui, e incominciò ad attirarmi dolcemente, ma decisamente, verso di sé.

Quando fummo molto vicini, chiudemmo tutti e due gli occhi per vincere l'imbarazzo che era veramente tanto e tanta anche la vergogna.

Poi, posandomi una mano sulla schiena, mi spinse in avanti finché i nostri corpi non furono a stretto contatto.

Le nostre labbra si cercarono, si trovarono; Steve mi passò l'altra mano dietro la nuca e me la premette leggermente, quasi volesse tenermi ferma la testa, quindi incominciò a succhiarmi e a mordicchiarmi delicatamente il labbro inferiore.

A questo punto mi feci coraggio anch'io, gli misi un braccio intorno alla vita, l'altro intorno al collo e socchiusi la bocca: ci baciammo.

Fu un bacio tenero e allo stesso tempo violento, che non ci provocò il benché minimo piacere.

Provammo anzi, improvvisamente, un tale disgusto, che nel giro di alcuni secondi ci staccammo di scatto e ci precipitammo tutti e due in bagno, chini sul lavandino, a sciacquarci ripetutamente la bocca con l'acqua corrente.

Poi ci guardammo e scoppiammo in una risata irrefrenabile, una risata di sollievo, una risata di liberazione totale e definitiva: ora sapevamo!

Però questo gesto, in un certo senso, ci unì ancora di più, ci rese complici di una profonda intimità che avremmo conosciuto solo noi; un piccolo, grande segreto, che non avremmo mai condiviso con nessuno.

Qualche giorno dopo incontrammo in un bar due studentesse

francesi che erano negli Stati Uniti per uno stage; erano simpatiche e carine.

Scambiammo due chiacchiere, bevemmo qualcosa insieme, poi le accompagnammo alla pensioncina dove avevano preso una camera; ci invitarono a salire.

Fu la nostra prima volta.

Tutto quello che facemmo con loro, quello sì che ci piacque moltissimo, anche se avevamo a disposizione due lettini singoli, stretti e molto scomodi; al ritorno in caserma ci sentivamo fieri e orgogliosi di noi: avevamo finalmente perso la verginità ed eravamo diventati uomini a tutti gli effetti.

"James, quando hai finito di pensare a delle sciocchezze, possiamo andare avanti per favore?" Mi richiamò all'ordine.

"Sì, Steve... ma...e se quella volta invece ci fosse piaciuto?".

Mi guardò sorridendo, inarcò le sopracciglia.

"Beh, avevamo lì pronti due comodissimi letti per approfondire meglio la situazione".

Accompagnò le sue parole con un gesto un po' volgare, ma adatto a esprimere chiaramente il suo pensiero, poi tornò serio e scosse la testa.

"Per fortuna non ci è piaciuto. Dai, scemo, ora basta, torniamo al lavoro".

Riprendemmo il filo: potevamo intanto scartare l'ipotesi che Bob scegliesse le sue vittime fra persone che, comunque, erano già condannate a morte per malattia.

Potevamo anche scartare che le scegliesse per il loro sesso.

Passammo a leggere attentamente le schede di ognuno.

Iniziammo naturalmente dalla prima vittima:

Il barbone, sessant'anni, si chiamava Albert Schwain, ed era di origine tedesca.

All'età di vent'anni si era messo a lavorare come operaio; a trent'anni si era sposato con una ragazza, operaia anch'essa.

Non avevano avuto figli.

La moglie era morta qualche anno dopo in un incidente, investita da una macchina mentre stava attraversando la strada; l'investitore era scappato e non era mai stato trovato.

Albert non si era più ripreso dalla morte della moglie e aveva incominciato a bere e a cambiare un lavoro dopo l'altro, finché era stato assunto in una piccola fabbrica di birra artigianale, come imbottigliatore.

Quando il padrone si era accorto che lui preferiva bersi la birra piuttosto che imbottigliarla, l'aveva licenziato; da allora si era dedicato all'accattonaggio, fingendosi cieco e zoppo per impietosire la gente e raggranellare qualche spicciolo.

Viveva in una squallida camera d'affitto poco lontano da dove era stato ammazzato.

Il tossicodipendente, ventisei anni, di nome Tony Wells non aveva mai lavorato in vita sua.

Aveva iniziato a drogarsi a sedici anni, era scappato di casa ed era vissuto di espedienti, compresi dei piccoli furti.

A diciotto anni si era dato allo spaccio, era entrato nel giro e, oltre a un po' di denaro, riceveva in compenso anche la sua dose giornaliera; era senza fissa dimora e dormiva per strada o in qualche rifugio per i senza tetto.

Il ladruncolo, trent'anni, rubava i portafogli nei metrò, la merce nei supermercati, rubava ovunque, qualunque cosa gli arrivasse a portata di mano. Aveva tentato anche qualche piccola rapina; era stato arrestato innumerevoli volte e aveva passato la maggior parte della sua vita in galera.

Nei brevi periodi di libertà, viveva con la madre, che, povera donna, lavorava come domestica dieci ore al giorno per mantenere il figlio.

La prostituta, Maria Castro, di origini messicane, aveva incominciato a prostituirsi a diciotto anni.

Il padre, un operaio, era morto in un incidente sul lavoro

quando lei era ancora una bambina; la madre e i fratelli l'avevano cacciata di casa appena avevano saputo che era entrata in quel giro.

Divideva un piccolo appartamento con una ragazza di vita come lei.

Aveva un protettore che si prendeva la maggior parte dei guadagni e, quando non gli bastava, la picchiava ferocemente.

Steve scosse la testa: cadevano anche le possibilità che Bob scegliesse le sue vittime per età o per razza o fra le persone sole al mondo.

Non avevamo trovato nessun legame, nessun filo conduttore che li unisse l'uno all'altro.

I delitti avvenivano, è vero, nello stesso quartiere, ma sicuramente era solo una comodità per l'assassino, non un fatto determinante per la scelta.

Continuammo anche a spulciare i nominativi dei nuovi locatari dell'ultimo mese.

Apparentemente era tutto regolare.

Arrivati all'ora di cena, decidemmo di rientrare; Julie e Maureen ci aspettavano a casa mia.

"James" mi disse Steve "mi rifiuto di inghiottire anche solo un pezzettino di quella torta. Me la sogno persino di notte: io scappo e lei, con tutte le candeline accese, mi insegue per divorarmi.

Chiama tua moglie, per favore, e chiedile cosa hanno preparato; se ti parla di torta, inventa una scusa qualunque e io e te ce ne andiamo da soli al ristorante".

Annuii.

"D'accordo, anch'io sono pronto a fare una fuga strategica; se ne mangiassi ancora una fetta, potrei rimanere stecchito sul colpo".

Chiamai Julie:

"Ciao amore, Steve e io siamo al lavoro, speriamo di terminare in tempo per cenare con voi, ma non ne siamo ancora sicuri.

Comunque, tanto per sapere, cosa avete preparato di buono?".
Julie scoppiò a ridere:
"Tranquilli, ragazzi, l'ultimo pezzo di torta l'abbiamo finito noi oggi pomeriggio, potete venire. Il menu prevede pollo, patate arrosto e macedonia".
Tirai un sospiro di sollievo.
"Va bene. Arriviamo subito".

Era l'ultima sera che Steve e Maureen passavano in casa nostra, da domani ognuno avrebbe dormito nel proprio appartamento; probabilmente avremmo continuato a cenare insieme spesso, finché non avessimo terminato l'operazione, ma dopo cena Steve e Maureen sarebbero andati via e le due sorelle ne avrebbero sofferto molto.
Io le capivo perfettamente, perché con un marito e un fidanzato come noi che potevamo rientrare a notte inoltrata o non rientrare affatto o, mentre stavamo dormendo, improvvisamente venivamo chiamati e dovevamo alzarci e uscire, le due ragazze erano felici se, invece di restare da sole, potevano farsi compagnia.
Julie avrebbe voluto addirittura comprare una grande casa dove andare a vivere tutti, noi quattro più i figli che un giorno sarebbero arrivati, ma le avevo fatto presente che, a parte l'affetto innegabile che ci univa, ognuno di noi aveva bisogno della propria libertà e indipendenza.
Questo, naturalmente, non ci avrebbe mai impedito di stare insieme tutte le volte che avessimo avuto il piacere di farlo.

Adesso che l'incubo torta era finito, cenammo in allegria ridendo e scherzando; all'ora di andarcene a letto, Steve mi venne vicino e mi bisbigliò:
"Posso dormire questa notte con Maureen, o all'ultimo momento, quando io sto già pregustando quello che farò con lei, tu decidi che devo venire con te? Se non ti conoscessi bene come le mie tasche, incomincerei a preoccuparmi sulla tua vera

identità sessuale".

Non potei trattenere una risata.

"Lo sai che non ho queste tendenze, basta che ripensi a quell'episodio "orribile" che abbiamo ricordato proprio oggi.

Anch'io preferisco andarmene a letto con Julie e, francamente ne ho una gran voglia".

"Meno male, mi hai tolto un altro peso dalla stomaco, dopo la torta. Possiamo andare subito? Vorrei recuperare il tempo perduto".

Sì, questa notte potevamo toglierci tutte le voglie, questa notte Bob ci avrebbe lasciati dormire in pace.

Questa notte e la prossima ancora, perché poi ci sarebbe stata la quinta vittima.

V

Due giorni ancora, poi nella notte del secondo giorno il "dio della guerra" avrebbe colpito di nuovo, per la quinta volta.

Nel pomeriggio del primo giorno, dopo il Corso, arrivati alla Centrale, chiesi a Mills di poter vedere la fotocopia della patente fasulla di Bob, intestata a quel Frank Barrett, morto quattro anni prima.

Ce la consegnò immediatamente; la guardammo con attenzione: era perfetta. Chi l'aveva falsificata, doveva essere un artista nel suo campo.

Dissi a Harry di darmi l'elenco dei falsari di documenti della città; purtroppo erano tanti.

Forse un informatore avrebbe potuto metterci sulla buona strada.

Li contattammo e andammo a parlare direttamente con ognuno di loro, accompagnati da un poliziotto che li conosceva.

Mostrammo a ciascuno la fotocopia; la domanda era: chi poteva essere così preciso, così bravo, da aver fatto un lavoro perfetto?

Uno dopo l'altro scossero la testa: no, nessuno che conoscessero.

Poi, finalmente uno di loro, dopo aver girato e rigirato fra le mani il foglio, ci diede un nome: Mike Spencer, sì, non poteva che essere lui.

Si trattava di un pittore che faceva falsi d'autore e che, per arrotondare, ogni tanto si dedicava a lavoretti del genere; chiedeva delle cifre vertiginose, ma i suoi clienti, quelli naturalmente che potevano permettersi di pagare, ne erano sempre stati più che soddisfatti.

Lavorava soprattutto per i mafiosi, nelle cui mani giravano enormi somme di denaro e che avevano spesso bisogno di documenti fasulli per loro o per i loro accoliti.

Gli chiedemmo dove potevamo trovarlo.

"Questo non lo so" rispose "proprio perché ha clienti così in alto, è sotto la loro protezione e cambia spesso di "laboratorio" e di casa. Mi dispiace, ma non posso dirvi altro".

Era già qualcosa, avevamo un nome, l'avremmo trovato.

Mi ricordai che anche Bob aveva lavorato, come Body-Guard, per dei mafiosi; durante uno dei suoi lavori doveva aver incontrato questo Spencer o, per lo meno, doveva averne sentito parlare.

Decisi di rimandare all'indomani la ricerca, intanto ormai si erano fatte le dieci; Julie e Maureen erano da sole, ognuna nella propria casa, sicuramente avevano già cenato e ora ci aspettavano alzate.

Questa sarebbe stata l'ultima notte di tregua, poi domani notte toccava alla quinta vittima, per lei il destino era segnato e noi non eravamo in grado di cambiarlo.

Pensai a questo essere umano, uomo o donna che fosse, che quella sera se ne sarebbe stato a casa tranquillo, magari con i suoi cari, non immaginando nemmeno lontanamente che per lui sarebbe stata l'ultima.

Provai pena e anche rimorso di non poterlo aiutare, di non poter impedire che la sua vita venisse spezzata brutalmente da un colpo di pistola, senza un perché.

"Ti prenderò, Bob, giuro che ti prenderò; pagherai per tutto questo dolore".

Dovevo averlo esclamato ad alta voce, perché Steve mi chiese:

"Cosa fai, James, parli da solo? Mi devo preoccupare?".

"Scusami, ma pensavo alla vittima predestinata di domani; non poterla salvare mi fa star male".

"Anch'io soffro per la tua stessa ragione, ma, in coscienza, abbiamo fatto e stiamo facendo tutto quello che è in nostro potere. Di più non è possibile, credimi. Ora andiamo, le ragazze ci aspettano".

Sorrise soddisfatto.

"Questa sera, almeno, potrò far l'amore con Maureen senza chiederti il permesso. Stasera sì, stasera no...Mi sembrava di essere diventato un automa: acceso, spento, acceso, spento..."

"E allora, sai cosa ti dico, Steve? Stasera sì, domani sera no, stasera acceso, domani sera spento".

Mi disse chiaramente dove dovevo andare, poi prese il casco e mi fece il saluto militare.

"Sì, padrone!" Esclamò, e partì.

Rientrai a casa anch'io, avevo voglia di sentire il calore di Julie, di stringerla a me e di dimenticare, fra le sue braccia, tutta l'angoscia, la sofferenza, il dolore che Bob stava spargendo intorno a sé.

Durante la notte, stretto al corpo di mia moglie, non avrei pensato a tutto questo orrore, ma soltanto a lei, al nostro amore, alla gioia di possederla, di essere una cosa sola, unica e inscindibile, di donarci l'uno all'altra e di perderci in un piacere che ci avrebbe sfiniti e rigenerati allo stesso tempo.

Appena arrivato non mangiai nemmeno, avevo troppo voglia di lei; la presi per la mano, la portai nella nostra camera, la spinsi dolcemente sul letto.

Mi disse solo:

"Ti amo".

"Anch'io" le sussurrai con la voce già rotta dall'emozione, poi la passione ci travolse come un'onda enorme, ci trascinò con sé con un'intensità che ci tolse ogni forza, ogni pensiero e ci fece piombare, alla fine, in un sonno profondo e senza sogni.

Il pomeriggio del giorno seguente, mentre si avvicinava inesorabile l'ora dell'orrore, Mills ci venne incontro alla Centrale con aria di trionfo:

"Ce l'ho, ragazzi, ho trovato il tipo che ha falsificato il documento; stamani ho sguinzagliato i miei uomini. Un mafioso pentito ci ha dato l'indirizzo, siamo andati a prenderlo. Spencer è di là, nella stanza degli interrogatori; penso che vogliate occuparvene voi. Come sempre avete carta bianca".

Ci infilammo delle tute mimetiche e il passamontagna, poi entrammo nella stanza; Spencer ci guardò preoccupato.

Era un uomo mingherlino, quasi calvo, leggermente curvo, anche se ancora abbastanza giovane.

"Ciao, Mike" gli dissi "ora facciamo due chiacchiere, ti dispiace?".

Fece segno di no con la testa.

Gli mostrai la fotocopia della patente.

"Lo sai che sei proprio in gamba. Perché l'hai fatto tu questo capolavoro, vero?".

Guardò il foglio.

"Non mi pare, non mi ricordo".

"Senti?" mi rivolsi a Steve "Il nostro amico ha la memoria corta; cosa dici, dobbiamo aiutarlo a rinfrescarsela?".

Mi avvicinai a lui, lo presi per il colletto della camicia e lo attirai verso di me.

"Noi siamo buoni e gentili, ma se fai il furbo, possiamo diventare molto, molto cattivi".

Cercò di liberarsi dalla stretta.

"Non sono stato io, davvero, non è opera mia".

"Sei sicuro? Forse non l'hai guardata bene. Avvicinati, così ci vedi meglio".

Gli schiacciai la faccia contro il foglio.

"Mi fa male" gridò "mi lasci".

"Ma se non ti ho fatto niente, cercavo solo di aiutarti a guardare più da vicino".

Gli schiacciai con più forza il viso e glielo strofinai sulla scrivania; un po' di sangue incominciò a uscirgli dal naso.

Si mise a urlare come se lo stessi scannando.

Steve gli si accostò e lo guardò con compassione.

"Poverino, ti sei fatto male!" Esclamò, poi rivolto verso di me: "Non schiacciargli così la faccia, sii buono. Dai, tiriamolo su".

Lo afferrò saldamente per i capelli e gli tirò la testa indietro di scatto.

Spencer gridò.

"Ma non ti va bene niente, nemmeno se cerco di aiutarti; sei un tipo difficile. Vediamo se questo ti piace di più".

Gli mollò un ceffone che gli fece girare la faccia dall'altra parte.

"Allora, ti sta tornando la memoria o no?".

Deglutì.

"Sì, ora mi ricordo, è proprio opera mia".

"Bravo, così si fa; adesso devi dirci il nuovo nome.

Perché recentemente ne hai fatta un'altra per la stessa persona. Vero?".

"No, non è vero, lo giuro, io gli ho fatto solo questa e basta".

"Senti amico mio?" Mi rivolsi a Steve "Ha perso di nuovo la memoria".

Steve lo tirò su dalla seggiola di peso e lo ammanettò; la compassione era scomparsa del tutto dalla sua voce, quando lo minacciò:

"Fino a ora abbiamo scherzato; parla o ci costringerai a fare sul serio".

Spencer uscì nella solita frase, quella che ripetono sempre tutti fino alla nausea:

"Voi non potete farmi niente, lo so che ai poliziotti non è permesso picchiare la gente durante gli interrogatori".

"E' vero, è vietato a quasi tutti, ma a noi, invece, è lecito fare qualunque cosa; siamo agenti speciali con permessi speciali.

Potremmo anche ammazzarti subito, se lo volessimo, e non è detto che non lo facciamo.

Deciditi a parlare, non ci sfidare; siamo due tipi nervosi, perdiamo facilmente il controllo".

Strinse le labbra, voleva fare il duro.

Gli assestai un potente pugno sul naso, subito sgorgò un copioso fiotto di sangue.

Era un gesto di grande effetto: faceva un gran male, provocava una violenta emorragia, rompeva qualche ossicino, ma in fondo non arrecava gravi danni.

Gridò come un ossesso, cercò di alzarsi dalla sedia; lo

bloccammo.

"Hai visto, collega? Si è alzato per scappare, è inciampato e si è rotto il naso. Ragazzo mio, devi stare più attento a dove metti i piedi, o potresti farti male davvero".

"Però, non dimentichiamo che ha tentato di scappare" fece notare Steve "la prossima volta che ci proverà, saremo costretti a spargli. Dove preferisci? Al cuore o alla testa?".

"Ma io non voglio scappare".

"Lo dici tu, a noi sembra proprio di sì; hai già provato una volta, alla seconda dovremo per forza ammazzarti. Pazienza, cose che capitano, piccoli incidenti di percorso.

Però non devi preoccuparti, vedrai che non soffrirai: siamo due tiratori scelti, ti faremo secco al primo colpo; un attimo e sarai all'inferno senza nemmeno accorgertene".

Ci guardò con gli occhi sbarrati:

"Voglio un avvocato!".

Mi rivolsi a Steve:

"Hai sentito? Vuole un avvocato. Te lo chiameremmo volentieri, peccato che ci sia in atto una tempesta magnetica; tutti i telefoni e i cellulari sono in tilt, non funzionano e non funzioneranno per ore.

Ma tu starai con noi fino a quel momento, ci divertiremo insieme, vedrai che belle cose che faremo…oppure, se preferisci, puoi sempre provare a scappare" tirai fuori la pistola "ma se scappi, sai che ti spareremo. Vedi tu".

Scoppiò a piangere; tutti quelli che interroghiamo si presentano come dei duri e poi, di colpo, si comportano come dei bambini.

"Però puoi anche deciderti a parlare, così noi saremo contenti e tu te la caverai con qualche anno di prigione, ma almeno conserverai la pelle. Non è meglio per tutti?".

Scosse la testa.

"Mi faranno fuori, se parlo mi faranno fuori loro, sono sicuro".

"Loro chi?".

"Loro, i mafiosi. Non potranno più fidarsi di me e mi faranno fuori".

"No; se ci dici quello che vogliamo sapere, ti proteggeremo, faremo in modo che non possano arrivare a te.

Forse potremmo anche metterci d'accordo, chiudere un occhio e lasciarti andare libero, così nessuno saprà che hai parlato.

Ma se non lo fai, ti assicuro che non te la caverai.

Te lo ripeto, noi siamo in due, siamo dei poliziotti, dichiareremo nel nostro rapporto che hai tentato di scappare, che ci hai aggrediti e che abbiamo dovuto ammazzarti.

Scegli tu cosa ti conviene; ti concediamo dieci minuti per pensarci, dopo di che faremo quello che sai".

Si mise a tremare come una foglia.

"Ti lasciamo solo, torniamo fra dieci minuti esatti, non un minuto di più. Pensaci".

Uscimmo dalla stanza; lo guardammo dal vetro dietro il quale Mills aveva visto tutto.

Incominciò a passarsi febbrilmente le mani fra i capelli e sulla faccia, evidentemente cercava di scegliere il male minore.

"Credete che cederà?" Ci chiese Harry.

"Sì, cedono tutti, sta' tranquillo; quando rientreremo parlerà".

Trascorso il tempo che gli avevamo concesso, entrammo, estraemmo le pistole e, dopo averlo messo in piedi a forza, gli togliemmo le manette.

"Hai deciso di parlare o dobbiamo credere che vuoi scappare e quindi spararti?".

"Paul Keller, il suo nuovo nome è Paul Keller".

Lo disse tutto d'un fiato, quasi temesse che, se non si fosse sbrigato, gli avremmo sparato sul serio.

"Bravo, hai fatto la scelta giusta. Ora ti lasceremo andare, però stai attento, se lo avviserai che conosciamo il suo nome, ti verremo a prendere e ti ammazzeremo subito. E' chiaro?".

Fece segno di sì con la testa.

Mills entrò e lo portò via.

Adesso avevamo finalmente un dato concreto su cui lavorare; bisognava cercare di localizzarlo e catturarlo.

Purtroppo, come tutte le altre volte, non avremmo potuto fare niente per la prossima vittima, e questa impotenza ci angosciava profondamente.

VI

Mills inserì immediatamente il nome Paul Keller nel computer.
Sullo schermo apparve subito la nuova patente falsificata; guardammo attentamente la foto: sì, era proprio Bob, con tredici anni in più, ma perfettamente riconoscibile.
La stampammo; nella banca dati risultò che questo Keller, trentanove anni, aveva avuto un paio di condanne qualche anno prima per atti di violenza e aggressioni.
Aveva fatto per molto tempo il mercenario e da allora non se ne avevano più avute notizie.
Evidentemente Bob aveva militato con lui da qualche parte e, probabilmente, l'aveva visto morire.
Così si era impossessato della sua identità e se l'era tenuta in caldo pensando, un giorno, di poterla utilizzare.
E quel giorno era venuto.
Mills decise di mandare subito una squadra all'indirizzo segnato sulla patente, anche se, sia lui che noi, pensavamo che fosse un dato fasullo: Bob non era così ingenuo, però era nostro dovere andare a controllare.
Naturalmente in quell'appartamento non abitava lui, ma una famiglia di messicani che, quando videro irrompere in casa una decina di poliziotti in tute d'assalto, armati fino ai denti, si presero una paura tale che non l'avrebbero dimenticata certamente per il resto della loro vita.
Per il momento non potevamo fare altro; fra qualche ora, Bob avrebbe ucciso per la quinta volta.

Era tardi, dovevamo rientrare a casa.
"Steve, ricordati che fra qualche ora dovremo alzarci, quindi stasera no: spento".
Mi guardò sorridendo.
"Lo so, Capo, l'automa obbedisce. A presto".

Per fortuna, quando arrivai, Julie dormiva già.

Feci molta attenzione a non svegliarla; mi spogliai piano piano evitando il minimo rumore, poi mi infilai a letto cercando di sistemarmi il più lontano possibile da lei, praticamente proprio al limite dell'altra sponda, quasi sul bordo.

Feci in modo di non pensare al suo profumo inebriante che mi penetrava nelle narici e che mi faceva desiderare di stringermela fra le braccia. No, dovevo riposare, dovevo resistere; mi girai dall'altra parte e, a poco a poco riuscii ad addormentarmi, in attesa, purtroppo, che il telefono squillasse.

E il telefono squillò alle tre in punto.

Mi alzai, mi vestii e corsi all'indirizzo che Mills mi aveva dato; Steve era appena arrivato.

Un altro vicolo sordido, un altro cadavere, questa volta un cinese.

Ancora abbastanza giovane, ma già con una evidente pancetta, aveva capelli neri cortissimi, una camicia con le maniche corte bianca a fiori azzurri, un paio di pantaloni blu di tela.

"Si chiamava Cho Yang" ci informò Harry "aveva quarantacinque anni. Era il padrone di un negozio di giocattoli situato a pochi isolati da qui, era sposato e aveva due figli.

Come potete constatare la scena e la modalità sono identiche a quelle di tutti gli altri delitti.

Solita pistola calibro 9, solito buco in fronte, solito biglietto "Questo è il quinto gradino", solita firma. Tutto come da cliché".

Osservammo il morto: anche lui aveva sul viso i segni di un terrore profondo.

Mi chiesi quanto tempo passasse prima che Bob, puntata la pistola, si decidesse a sparare; evidentemente abbastanza per poter incutere una paura folle e, probabilmente, per godere di questa paura che lo faceva sentire quel dio in cui si era immedesimato, quel dio che teneva fra le sue mani il destino di un essere umano, che poteva decidere della sua vita o della sua morte.

Anche quest'ultima vittima non aveva, per lo meno secondo il nostro modo di vedere, nessun legame con le altre, nessun punto in comune che potesse aprirci uno spiraglio per penetrare dentro alla mente contorta di Bob.

Tutti erano stati uccisi esattamente nel luogo dove li avevamo trovati, ma nessuno di loro aveva un motivo valido per trovarsi in quel posto, a quell'ora.

Come faceva ad attirarli in questi vicoli bui e rigurgitanti di spazzatura? Li minacciava con la pistola?

Possibile che non si ribellassero, che non si rifiutassero di seguirlo, che non cercassero di difendersi con tutte le loro forze, costringendolo così ad ammazzarli là dove l'avevano incontrato?

Speravano obbedendogli di salvarsi? Dava loro questa speranza di lasciarli in vita se avessero fatto quello che voleva lui e poi li uccideva a sangue freddo senza la minima pietà?

Forse questo non l'avremmo saputo mai; molte altre cose probabilmente non saremmo mai riusciti a capire.

Nonostante i mezzi impiegati, le tecniche scientifiche più moderne utilizzate, eravamo molto lontani da una soluzione positiva del caso.

I giornali non erano stati informati fino in fondo della situazione, sapevano solo che c'era in giro un assassino seriale che uccideva lasciando sulle vittime un biglietto in cui le numerava come i gradini di una scala, di cui non si conosceva la lunghezza.

Nessuna informazione era stata data loro su chi sarebbe stato immolato sull'ultimo gradino; dovevamo preservare il Presidente dalle supposizioni che la stampa avrebbe potuto tirar fuori con la fantasia che spesso la contraddistingue.

Chissà cosa avrebbero scritto i giornalisti, quali illazioni avrebbero fatto se avessero saputo tutto, quale relazione avrebbero ipotizzato fra il Presidente e le altre vittime!

Mi venne un'idea, ne parlai con Steve.

"E se dicessimo ai giornalisti qualcosa in più? Se rivelassimo loro che conosciamo esattamente il nome del "dio della guerra"?".

"Come pensi che reagirebbe?".

"Forse commetterebbe un errore, forse uscirebbe fuori dalla sua tana".

"Si può tentare, tanto peggio di così…"

Ne parlai con Mills, lo trovai d'accordo.

Il giorno dopo, nell'edizione pomeridiana delle principali testate, uscì un titolo del genere:

"SENSAZIONALI RIVELAZIONI SUI DELITTI DEL DIO DELLA GUERRA"

"La Polizia ha ufficialmente dichiarato che il serial killer, che sta insanguinando la nostra città, collocando ogni vittima, a tutt'oggi cinque, sul gradino di una scala immaginaria e che firma i suoi delitti come "Marte, dio della guerra", ha finalmente un nome.

Dopo minuziose indagini, gli inquirenti hanno scoperto, infatti, la vera identità di questo folle assassino, ma hanno voluto renderne note solo le iniziali: B. A.

Si tratterebbe di un ex mercenario che al momento si cela dietro il nome di Paul Keller, un suo collega d'armi, probabilmente morto in una delle tante guerre a cui hanno partecipato insieme.

Il Capo della Polizia, Harry Mills, ha assicurato che il cerchio si sta stringendo intorno al colpevole di questi efferati, quanto incomprensibili delitti, e che la sua cattura è perciò imminente.

Sembra che il riconoscimento sia stato effettuato grazie all'impegno di due consulenti attualmente al lavoro a fianco della squadra di Mills".

Questo era, approssimativamente, il testo che avevamo passato alla stampa; naturalmente poi ogni giornale aveva ricamato a proprio piacimento aggiungendo particolari più o meno reali sulla storia.

Ora aspettavamo una reazione da parte di Bob, quale e di che tipo non eravamo in grado di immaginare.

L'importante era che, gettato il sasso nello stagno, l'acqua fino a oggi ferma e torbida si smuovesse lasciandoci intravvedere una via d'uscita che non avevamo ancora potuto individuare.

Forse avrebbe cercato di scoprire chi erano questi due consulenti che erano stati in grado di riconoscerlo.

Se in qualche modo fosse arrivato a noi, le nostre vite sarebbero state in grave pericolo, ma era un rischio che dovevamo correre per farlo, finalmente, uscire allo scoperto.

Del resto eravamo abituati a metterci in gioco per salvare delle altre vite, quindi la cosa non ci spaventava più di tanto, ci preoccupava invece la possibilità che questa dichiarazione non lo scuotesse per niente e che continuasse diritto sulla sua strada fino al suo scopo ultimo, quello di uccidere il Presidente.

Non avevamo la minima idea di quanti gradini dovesse ancora salire: Uno? Dieci?

Purtroppo ogni omicidio ci avvicinava sempre di più al termine di questa scala infernale di cui lui solo conosceva la lunghezza.

Ogni giorno andavamo a parlare con Fred, che voleva essere informato per filo e per segno di tutti gli avvenimenti, ipotesi, indagini che avevamo messo a punto.

Dopo aver letto l'articolo, ci chiamò.

"E' stata un'ottima mossa quella dei giornali" disse "estremamente rischiosa per voi, ma comunque ottima. Dovrebbe servire a scuoterlo e a fargli perdere questa sicurezza che ha di essere al di sopra del bene e del male.

Fino a ora è sempre stato convinto di essere imprendibile, di poter agire indisturbato; probabilmente adesso, sapendo di essere stato individuato, incomincerà a perdere questa idea di onnipotenza che la convinzione di essere un "dio" aveva instillato nella sua mente malata.

Quando si renderà conto, però, che non è un dio, ma solo un

uomo come tutti gli altri, diventerà particolarmente pericoloso e cercherà di vendicarsi di chi l'ha precipitato nuovamente dall'Olimpo alla terra. Cioè, di voi.

Mi raccomando, fate la massima attenzione; è molto furbo, lo è sempre stato anche da ragazzo, è ben preparato, è a tutti gli effetti un "guerriero" - noi stessi, a suo tempo, lo abbiamo addestrato a esserlo - quindi, quando scoprirà che siete voi i responsabili del suo crollo, vi perseguiterà e cercherà di uccidervi. Guardatevi le spalle".

Quella notte, contro ogni aspettativa, suonò il telefono.

Risposi con apprensione: possibile che Bob avesse cambiato il suo modo d'agire?

Sentii la voce di Mills:

"James, Bob ha picchiato selvaggiamente una ragazza, poi è scappato. Ho lasciato i miei uomini a casa sua a fare i soliti rilievi, io ho accompagnato la ragazza all'ospedale; il medico dice che fra poco sarà in grado di essere interrogata. Avverti tu Steve, vi aspetto qui".

Chiamai Steve, gli spiegai tutto, mi rispose che fra dieci minuti sarebbe passato a prendermi.

Mi vestii rapidamente e andai ad aspettarlo sotto casa.

All'ospedale trovammo Harry che ci fece il resoconto della situazione:

"La ragazza si chiama Jane, ha trentadue anni, fa l'infermiera; Bob le ha rotto tre costole, un braccio, le ha incrinato uno zigomo, ha ecchimosi e lividi in tutto il corpo. Se volete parlarle, ora possiamo andare".

Entrammo nella camera; la poveretta era molto malconcia, aveva un braccio ingessato, fasciature varie, cerotti sul viso, un occhio nero, un labbro spaccato.

Doveva essere una bella ragazza, prima del trattamento che le aveva fatto Bob: capelli biondi mossi, occhi azzurri, piuttosto minuta.

"Signorina Jane, se la sente di raccontarci cosa è successo?" Le chiesi.

Annuì.

"Sì, vi dirò tutto quello che volete".

"Le dispiace se incominciamo dall'inizio?".

Tolsi dalla tasca la foto di Bob.

"E' questo l'uomo che l'ha picchiata?".

"Sì, è Paul, o per lo meno, io lo conosco col nome di Paul Keller".

"Come l'ha conosciuto e quando?".

Prese fiato, poi iniziò a parlare con fatica:

"Circa un mese fa si presentò nello studio del dentista da cui lavoro, io sono infermiera.

Non aveva un appuntamento, ma mi chiese se il dottore poteva riceverlo perché aveva molto male a un dente.

Per combinazione il dottore era libero e lo feci passare subito.

In realtà aveva una brutta carie; al momento di andarsene, dopo essere stato curato, mi domandò se poteva offrirmi la cena, visto che ero stata tanto gentile con lui.

Cosa volete che vi dica, era bello, simpatico, attraente, mi sembrava una persona per bene; accettai.

Andammo a mangiare in un ristorante lì vicino; chiacchierammo piacevolmente tutta la sera, poi mi riaccompagnò a casa.

Mi chiese se l'indomani potevamo rivederci, gli dissi di sì.

Ci vedemmo tutte le sere per un po' di giorni, poi, dopo circa una settimana, mi propose di andare a casa sua.

Mi portò in un piccolo appartamento in... (ci diede l'indirizzo dell'appartamento dove avevamo fatto irruzione e che avevamo trovato vuoto).

Mi disse che lo divideva con un suo amico che in quel momento era fuori per lavoro.

Da allora ci incontrammo spesso, sempre a casa sua; una sera mi chiese se poteva venire a vivere per qualche giorno da me, mi spiegò che aveva litigato col suo amico e che aveva deciso di trovarsi un'altra sistemazione, ma, nell'attesa, non sapeva proprio dove andare.

Naturalmente gli risposi di sì; da allora ha vissuto a casa mia fino a poche ore fa".

Si fermò, incominciò a piangere; con la mano libera si asciugò gli occhi.

"Se la sente di continuare?" Le chiese Steve con la sua voce pacata.

"Sì, scusatemi, non posso ancora crederci. Dunque, oggi pomeriggio, tornando a casa, ho comprato il giornale e ho letto quella notizia sul serial killer.

Potete immaginare come sono rimasta quando ho visto che il nome di questo mostro era il nome del mio ragazzo.

Pensai subito a un'omonimia, a un errore; avrei dovuto tacere e chiamarvi, invece, quando più tardi rientrò, gli feci vedere l'articolo e gli chiesi spiegazioni".

Fece una breve pausa, come se stesse rivivendo la scena, poi riprese:

"Speravo che rimanesse sorpreso, che mi dicesse che lui non c'entrava niente con questa storia, che mi tranquillizzasse.

Paul lo lesse con calma, senza nessuna reazione apparente, poi posò il giornale sul tavolo e, con una voce durissima che non gli conoscevo, mi chiese se ne avevo parlato con qualcuno.

No, gli dissi, certo che non ne avevo parlato con nessuno, prima volevo parlarne con lui.

Mi rispose, con la massima freddezza, che non aveva niente da dire, e che io dovevo tacere, se non volevo fare la stessa fine degli altri.

Sentii il mondo crollarmi addosso: era lui, il serial killer era proprio lui, il ragazzo che frequentavo da un mese, che viveva con me, con cui facevo l'amore e a cui avevo incominciato a volere bene sul serio...

E io non mi ero mai accorta di niente! Anche l'altra notte avevamo cenato, guardato un film alla televisione, poi eravamo andati a letto.

Era particolarmente tenero e affettuoso; dopo aver fatto

l'amore, si alzò, mi disse che aveva finito le sigarette e che usciva un attimo a comprarle.

Rimase via mezz'ora, forse nemmeno; quando rientrò era tranquillo, si fumò una sigaretta, poi, tornato a letto, mi diede un bacio e si addormentò subito. Come avrei potuto pensare che aveva appena ucciso un uomo?".

Fece un'altra pausa, si asciugò le lacrime che avevano ripreso a sgorgare dai suoi occhi e continuò:

"Comunque, questa sera, dopo avermi detto così, venne verso di me con uno sguardo così terribile, che mi si gelò il sangue.

Ebbi paura, cercai di scappare, ma mi afferrò per i capelli e incominciò a picchiarmi; più lo imploravo di lasciarmi, più aumentava la sua ferocia.

Pensai che mi avrebbe certamente uccisa; lo pregai di risparmiarmi, gli promisi che non avrei detto niente a nessuno, che avrei fatto tutto quello che voleva purché mi lasciasse vivere.

Scoppiò a ridere e, vi assicuro che fu una risata raggelante, la risata di un folle.

Mi disse che non mi ammazzava solo perché la mia morte non rientrava nei suoi piani, anzi, glieli avrebbe confusi, poi mi torse un braccio e me lo spezzò; svenni.

Quando mi ripresi lui non c'era più; allora vi ho chiamati".

Mills confermò che in casa non c'era niente che appartenesse a Bob, aveva portato via tutto.

Impronte e reperti organici quanti ne volevamo, ma intanto non ci servivano, visto che sapevamo benissimo chi era; e lui stesso, sapendo che oramai noi sapevamo, non si era certo preoccupato di ripulire tutto.

Feci un'ultima domanda:

"Jane, ancora una cosa, poi la lasciamo riposare: quando uscivate insieme, che mezzo usavate? Una macchina? Una moto?".

"Una moto, aveva una grossa moto nera".

"Non conosce, per caso il modello esatto, il numero di targa?".

"No, mi dispiace, non mi intendo di moto, per me sono tutte uguali. In quanto alla targa, confesso che non ci ho mai fatto caso".

La ringraziammo e le raccomandammo di stare tranquilla, perché nessuno avrebbe potuto più farle del male, poi ce ne andammo.

Oramai non c'era nient'altro che potesse rivelarci.

Una cosa, però, ci aveva detto di importante, la ragione per cui non l'aveva ammazzata: "non rientrava nei suoi piani, anzi, li avrebbe confusi"; era la prova che lui aveva molto chiaro in mente chi dovevano essere le sue vittime, quasi certamente le aveva già scelte tutte, una per una fino all'ultima, il Presidente, e non ammetteva deroghe alla sua decisione.

Uccidendo la ragazza sarebbe venuto meno al suo programma prestabilito; questo delitto lo avrebbe destabilizzato, lo avrebbe sviato dal motivo per cui commetteva questi omicidi, un motivo che noi ancora non capivamo ma che lui, dentro di sé, aveva invece ben chiaro.

Non era l'uccidere in sé che gli piaceva; lui si sentiva in dovere di eliminare quelle persone che riteneva responsabili di un qualcosa di molto grave e che per questa ragione aveva condannato a morte.

Ma allora le aveva forse già incontrate nella sua vita? Gli avevano fatto dei tali torti da ritenere giusto punirle addirittura col massimo della pena?

Era la vendetta che cercava? O una sua personale giustizia sviata e folle?

Possibile che ai suoi occhi ognuna di loro fosse colpevole di terribili misfatti?

E il Presidente? Cosa c'entrava il Presidente con tutto questo?

Qual era il filo logico, perché a questo punto era evidente che un filo logico esisteva, che le univa una all'altra?

Anche questo, forse, non lo avremmo saputo mai!

Peccato, se la ragazza ci avesse chiamati subito dopo aver letto il giornale, a quest'ora l'incubo sarebbe finito, l'avremmo

arrestato o ammazzato.
Invece era riuscito a scappare chissà dove e avrebbe continuato a uccidere.
Ora toccava alla sesta vittima.

VII

Visto che erano solo le due, decidemmo di tornarcene a casa per tentare di dormire ancora qualche ora.

Mentre cercavo di riprendere sonno, mi dissi che comunque l'articolo aveva smosso le acque, aveva ottenuto l'effetto voluto: Bob aveva perso un po' della sua calma, della sua sicurezza e l'aver picchiato a quel modo la sua ragazza lo dimostrava; si sentiva il nostro fiato sul collo.

Fino a questo momento aveva fatto i suoi comodi, era passato da una casa all'altra, da una ragazza all'altra, meditando ogni sua mossa, decidendola prima con raziocinio.

Ora, invece, era come un animale ferito in fuga; doveva agire in fretta senza aver troppo tempo per pensare, e questa fretta l'avrebbe portato a fare un passo falso.

O, per lo meno, così speravo.

Riesaminai i dati che avevamo su ogni vittima; possibile che ci fosse sfuggito per ciascuna un fatto, un'azione, qualcosa di così grave da meritare quell'atroce vendetta?

Tutti loro presentavano, sì, delle caratteristiche negative, a parte il cinese che aveva la fedina penale pulita e al cui carico non risultava niente di niente; era titolare di un negozio di giocattoli, lui stesso aveva due bambini…una famiglia tranquilla, come milioni di altre nel nostro Paese.

E gli altri? Certo, non erano stinchi di Santo, erano dei poveracci, dei disadattati, quasi dei rifiuti umani, che vivevano ai margini della società, ma non avevano commesso dei reati tanto gravi da dover essere ammazzati in quel modo, trattati come animali da macello.

Eppure Bob aveva una sua logica, folle sicuramente, ma sempre logica, quindi doveva esserci un movente che avrebbe potuto forse condurci a una spiegazione, ma che purtroppo non eravamo, per lo meno per il momento, in grado di decifrare.

E anche se avessimo compreso qual era il motivo per il quale Bob aveva ammazzato ciascuno di loro, non ci sarebbe stato di nessun aiuto per identificare le prossime vittime.

Intanto oggi era già il secondo giorno; non mi ero mai reso conto che il tempo passasse così rapidamente.

Avevamo appena portato all'obitorio un cadavere, e domani notte ne avremmo trovato un altro: chissà a chi sarebbe toccato morire, questa volta?

Finalmente riuscii ad addormentarmi; sognai una scala lunghissima, di cui non riuscivo a vedere la fine.

Su ogni scalino c'era una testa mozzata e sanguinante che mi guardava con aria di rimprovero, quasi a chiedermi come mai avevo permesso che succedesse tutto questo.

Incominciai a salire adagio, scalino dopo scalino, poggiando i piedi sul sangue che continuava a sgorgare copiosamente da quelle povere teste e che mi inzuppava le scarpe, gli orli dei pantaloni.

Avrei voluto fermarmi, tornare indietro, ma una forza irresistibile mi costringeva ad andare avanti.

Più salivo, più l'orrore e l'angoscia crescevano in me.

Improvvisamente in cima a questa scala apparve Bob che, con un ghigno orribile, mi mostrò, afferrandola per i capelli, una testa appena tagliata che teneva in mano: era la mia!

Mi svegliai sentendomi scuotere; era Julie che mi chiamava.

"James, amore, svegliati, cos'hai?".

Aprii gli occhi e la guardai, lei mi sorrise.

"Che spavento mi hai fatto prendere, improvvisamente ti sei messo a gridare nel sonno; temevo che stessi male".

Le feci una carezza e le diedi un bacio.

"No, tranquilla, era solo un brutto sogno, ora è passato tutto".

"Vuoi parlarmene? Si tratta di quei delitti su cui tu e Steve state indagando, è vero?".

"Sì, ma ora non mi sento di parlarne. Ti prometto che questa volta, quando quest'incubo sarà finito, ti racconterò tutto; lo posso fare, visto che non si tratta di una missione segreta, naturalmente se avrai voglia di ascoltare una storia così orribile. D'accordo?".

"D'accordo, ma ora cerca di dormire ancora un po', fra poco devi andare al Corso".

L'abbracciai:

"Non ho più sonno, il tempo che mi rimane prima di dovermi preparare vorrei impiegarlo in modo molto più piacevole".

Non si tirò indietro, non si tirava mai indietro, era una moglie che, fortunatamente, non aveva mai mal di testa.

Finite le lezioni, Steve e io ci recammo direttamente alla Centrale.

Mills disse che aveva sguinzagliato i suoi ragazzi in tutto il quartiere dove Bob aveva abitato con Jane; erano entrati in ogni negozio, in ogni bar mostrando la sua foto.

L'avevano riconosciuto un paio di baristi: avevano dichiarato che andava ogni tanto a bere un bicchiere da loro, sempre da solo; beveva, pagava, usciva, senza praticamente mai dire una parola, senza dare confidenza a nessuno.

Lo stesso comportamento descritto dal primo barista che avevamo interrogato.

Identiche risposte in un paio di supermercati; anche lì entrava, faceva un po' di spesa, poca roba, pagava e se ne andava.

Da ieri pomeriggio nessuno l'aveva più visto; i poliziotti erano anche andati a controllare tutti gli alberghi e le pensioni nel raggio di qualche chilometro.

Era scappato dalla casa di Jane verso mezzanotte con solo una sacca, che rappresentava tutto il suo bagaglio; aveva inforcato la moto, ma dove era andato?

Improbabile che avesse già un'altra casa pronta dove rifugiarsi, dato che, per ora, non era nei suoi programmi fuggire all'improvviso da quella di Jane.

Doveva, per logica, essersi rintanato in un albergo, o qualcosa del genere, e doveva aver presentato i suoi documenti autentici, visto che Frank Barrett e Paul Keller erano oramai bruciati; certamente non aveva fatto in tempo a procurarsi una nuova identità.

Nel pomeriggio Mills inoltrò la foto di Bob a tutti i commissariati di polizia e comandò che fosse inviata a tutti gli alberghi e le pensioni della città.

La mandò anche ai giornali, era arrivato il momento di renderla pubblica.

Non rivelò il vero nome completo, per quello era meglio aspettare ancora.

"Adesso che si sentirà braccato, che chiunque potrà riconoscerlo e avvisarci, può essere che desista dal suo progetto" ipotizzò.

"No, Harry" obiettai io "non lo conosci abbastanza: niente può fargli rinunciare a portare a termine il lavoro incominciato; vedrai che troverà il modo di continuare a uccidere.

Chissà dove sarà in questo momento; probabilmente avrà trovato un rifugio in qualche posto abbandonato e isolato dove nessuno può trovarlo.

Domani notte ucciderà e la farà franca, come tutte le altre volte. Vedrai che ci riuscirà".

"Domani notte farò girare per tutto il quartiere i miei uomini, non trascureranno nessuna strada, nessun vicolo, nessun anfratto. Non può rendersi invisibile, lo troveremo".

"Vorrei essere ottimista come te, ma non lo sono. Se sarà necessario si renderà invisibile, diventerà una persona diversa, non lo riconosceranno mai".

Steve mi diede man forte:

"Mi dispiace Harry, ma James ha ragione, non si farà catturare, non prima di aver portato a termine il suo progetto; possiamo solo sperare che, per troppo senso di onnipotenza, commetta un errore. E' l'unica possibilità che abbiamo di fermarlo".

Mills scosse la testa:

"Noi facciamo del nostro meglio, poi sarà quel che deve

essere".

Mentre stavamo uscendo per rientrare a casa, Julie mi chiamò:
"Venite da Maureen, ci ha invitati a cena".
Lo dissi a Steve:
"Andiamo a mangiare da te. E' una brava cuoca Maureen?".
"E' bravissima a scaldare piatti precucinati e ad aprire
scatolette, un po' come facevamo noi da single. Ti ricordi?
Se cucina lei, questa sera, possiamo sempre raccomandarci a
qualche Santo che la ispiri".
Passai a prendere Julie, mentre Steve ci precedette a casa.
Julie arrivò con una grossa sacca.
"Cosa ti porti dietro? Il guardaroba?" Le chiesi.
Scoppiò in una risata.
"No, solo il necessario per la notte. Questa sera ci fermiamo a
dormire da loro, spero che non ti dispiaccia".
Non mi dispiaceva; conoscendo le due sorelle, era necessario
abituarsi al fatto che spesso avevano voglia di stare insieme
come una grande, unica famiglia.
E poi questa notte, quasi certamente, avremmo potuto dormire
tranquilli, quindi avremmo potuto anche permetterci di stare
alzati un po' di più del solito.
Le ragazze ci avrebbero preparato sicuramente qualche
sorpresa, qualcosa che ci avrebbe divertiti; erano fatte così.
Quando Julie e Maureen rinunciavano ai cibi pronti o alla
scatolette, erano in grado di approntare delle cene e dei pranzi
veramente eccellenti, e quella sera lo dimostrarono
ampiamente.
Dopo aver mangiato misero della musica, poi improvvisarono
uno spettacolo, cantarono, ballarono, fecero delle imitazioni,
raccontarono barzellette, ci fecero sbellicare dalle risate.
Non sapevamo che avessero delle doti del genere; bisognava
ammettere che con loro non ci annoiava mai, che non finivano
mai di stupirci.
Julie mi confidò, poi, che da bambine si divertivano spesso

nell'allestire spettacolini per la loro famiglia e per gli amici e, crescendo, avevano preso parte a molte recite scolastiche e di beneficenza.

Alla fine abbassarono le luci e si esibirono, a suon di musica, in una specie di spogliarello molto sensuale che ci provocò un'eccitazione fortissima, anche se si fermarono quando erano ancora abbastanza vestite.

Questo, ci spiegarono, per non offendere la sensibilità dei loro rispettivi uomini, né la loro.

"Non credo che tu avresti gradito che mi spogliassi completamente di fronte a Steve, e a me non avrebbe fatto piacere che tu vedessi nuda Maureen" mi spiegò Julie, quando ci ritirammo nella nostra camera "E lo stesso per Maureen e Steve. Fino a un certo punto va bene, ma oltre no; ognuno deve mantenere la propria intimità".

Le diedi ragione, mi avrebbe dato veramente fastidio se si mosse mostrata nuda a Steve, e lo stesso avrebbe provato sicuramente Steve se Maureen si fosse spogliata completamente di fronte a me.

"Però" continuò Julie "la prossima volta lo spogliarello lo farete voi uomini e potrete anche mettervi nudi; a me e a Maureen non importa niente se una vede l'uomo dell'altra, è una cosa diversa. E poi" aggiunse maliziosamente "io Steve l'ho già visto".

Le risposi che sul fatto che a loro non importasse avevo i miei dubbi; comunque, se e quando fosse successo, lo avremmo deciso sul momento.

Decisi di stuzzicarla un po':

"Dimmi la verità, in questi spettacoli di beneficenza, facevate anche lo spogliarello?".

"Ma che scemo che sei! Tutt'al più ballavamo, ma spogliarci mai…e poi ti rendi conto che studiavamo dalle Suore? Pensi che avremmo potuto fare una cosa del genere davanti a loro?".

"Però" le dissi "io non sono mica una Suora, quindi adesso puoi finire lo spettacolo per me".

Non dovetti pregarla; se la prima parte dello spogliarello era stato sensuale, la parte finale fu veramente travolgente.

Quello che accadde dopo, è facilmente immaginabile.

Arrivò anche il terzo giorno.

Per fortuna la serata e la notte che avevamo trascorso ci fecero svegliare di ottimo umore; perfino le reclute se ne accorsero, infatti riuscii a cogliere un paio di frasi di un loro discorso:

"Avete visto come sono allegri oggi il Gatto e la Volpe? Questa notte devono essersi divertiti parecchio, devono aver fatto cose folli".

Disse uno, e un altro gli rispose:

"E lo credo, con le donne che si ritrovano! Magari avessimo anche noi due ragazze fantastiche come quelle".

Nel pomeriggio andammo alla Centrale, sempre sperando in qualche novità.

"Niente da fare" disse Mills "purtroppo di lui non abbiamo trovato nessuna traccia, è proprio il caso di dire che non abbiamo cavato un ragno dal buco.

Speriamo che questa notte, con tutti gli uomini che gli ho sguinzagliato dietro, vada meglio".

Evitammo di ripetergli, per non deprimerlo troppo, che non sarebbe andata meglio per niente: Bob avrebbe ammazzato tranquillamente per la sesta volta e poi sarebbe svanito nel nulla.

Ce ne tornammo a casa, intanto tutto quello che potevamo fare era aspettare.

VIII

La telefonata arrivò puntualmente.

Quando giungemmo sul posto, Mills ci venne incontro scuotendo la testa.

"Non capisco, non capisco proprio come ha fatto a sfuggirci; i miei ragazzi hanno girato tutta la notte, ovunque, da qui sono passati tre, quattro volte, era tutto tranquillo, non c'era nessuno, poi, tempo dieci minuti sono ripassati e hanno trovato lui" ce lo indicò.

Ci avvicinammo a quel fagotto che giaceva per terra in una pozza di sangue.

Era un uomo sui quarant'anni, capelli scuri, leggermente brizzolati sulle tempie, di media statura, distinto, ben vestito.

Aveva ancora gli occhiali messi di traverso sul naso; sulla sua fronte il solito buco faceva bella mostra di sé.

Gli occhi, scuri anch'essi, erano sbarrati, ma, oltre alla paura, si leggeva in essi lo stupore per ciò che gli stava accadendo.

"E' morto da non più di una mezz'ora" disse il medico legale "stessa pistola, tutto uguale agli altri. Comunque dopo l'autopsia potrò essere più preciso".

Mills ci fece vedere il biglietto.

"Sesto gradino! Fino a quando continuerà? Questo si chiamava Bill Curtis, era impiegato in una compagnia di assicurazioni. Era divorziato da circa due mesi e viveva solo, aveva tre figli".

"Cosa ci faceva in giro a quest'ora?" Chiese Steve.

"Da quando la moglie lo aveva lasciato, si sentiva solo e, dopo il lavoro, andava con dei colleghi a cena fuori, poi si fermavano in un bar qui vicino a chiacchierare e a bere ancora un paio di bicchieri, anche qualcuno di più, e la tiravano per le lunghe.

Non se ne andavano mai prima delle tre; lui tagliava da questo vicolo, perché era la strada più breve per arrivare a casa sua.

Me l'ha detto poco fa il barista. Quando ha sentito le sirene, è uscito fuori ed è venuto a vedere cosa era successo; l'ha riconosciuto subito.

Mi ha detto anche di aver sentito il rombo di una moto che si allontanava, più o meno una mezz'ora fa; ci è scappato per poco, veramente per un soffio, ce l'avevamo quasi".

Mi chiesi cosa aveva a che fare un impiegato delle assicurazioni con le altre vittime.

Certamente Bob non aveva ammazzato a caso nemmeno lui, doveva averlo seguito già da qualche giorno e controllato le sue abitudini; non avrebbe mai corso il rischio di fallire un colpo.

Per la prima volta, forse, aveva ucciso nello stesso posto dove aveva trovato la sua vittima, si vede che andava di fretta, che temeva di essere colto sul fatto; poteva essere un segnale di debolezza, o per lo meno me lo auguravo.

Si era formato intanto, intorno a noi, un capannello di curiosi che speravano di provare forti emozioni nel vedere un cadavere insanguinato ancora sul luogo del delitto.

Arrivò anche la televisione e la stampa che oramai, dopo le ultime informazioni che aveva ricevuto, si sentiva autorizzata a conoscere tutto nei minimi particolari.

I giornalisti si intrufolarono in mezzo a noi, disturbandoci parecchio con domande inutili e spesso oziose, chiedendo insistentemente che rivelassimo loro il vero nome del serial killer.

Mills continuava a ripetere:

"Appena potremo, vi faremo una dichiarazione completa; per ora accontentatevi di quello che possiamo dirvi".

Ma naturalmente non si accontentavano.

Fecero anche molte riprese, nonostante i poliziotti cercassero di impedirglielo; alla fine furono costretti ad allontanarsi di qualche metro, perché arrivò la polizia mortuaria a rimuovere il corpo.

Come al solito venne depositato su di una barella e portato all'obitorio.

Una volta rimosso il cadavere, la gente perse interesse allo spettacolo e a poco a poco il vicolo si svuotò.

Per terra rimase solo il sangue, testimone concreto di una vita spezzata, ancora nel pieno della giovinezza, senza un apparente perché.

Fra poche ore sarebbero venuti gli addetti a lavare e allora anche questo segno tangibile di un crudele delitto sarebbe scomparso per sempre, la vita sarebbe continuata per tutti, ma non per Bill Curtis.

Oramai era tardi; visto che quel bar era aperto, andammo a fare una rapida colazione, poi ci recammo direttamente al Corso.

Eravamo molto in anticipo; ne approfittammo per fare una relazione dettagliata a Fred sull'ultimo omicidio.

Ci ascoltò con attenzione, poi allargò le braccia:

"Mi dispiace, ragazzi, di avervi addossato questo compito, avevo sottovalutato Bob, ma sono sicuro che, in un modo o nell'altro, riuscirete ad averne ragione.

Però ve lo ripeto: se vi ha individuati, cercherà di farvi fuori; soprattutto te James, perché ti odia dai tempi del Guatemala.

Non potendo prendersela col povero Russell, dato che è morto, ha scaricato certamente su di te tutto il suo rancore e il suo desiderio di vendetta.

In fondo sei stato tu a coglierlo in flagrante e per questo sono convinto che ti odia ancora.

Fai attenzione; ho visto la sua foto sul giornale, è sempre lo stesso di allora: bello, ma perverso. Mi raccomando, state in guardia".

Ci congedò.

Nel pomeriggio Mills ci mise al corrente di aver ricevuto decine di segnalazioni da persone che avevano visto Bob nei punti più disparati della città.

Eravamo passati, come succede sempre in questi casi, dal "nessuno l'ha visto" al 'l'hanno visto tutti".

Lui e i suoi uomini erano intenti a vagliare ogni segnalazione;

alcune le avevano già controllate, ma senza alcun esito.

Erano piombati in negozi, bar, parchi dove qualcuno aveva riconosciuto, senza ombra di dubbio, il feroce assassino, ma naturalmente si trattava solo di vaghe, molto vaghe rassomiglianze.

Quello che era certo, era che Bob, dopo aver visto la sua foto sul giornale, non si sarebbe mai avventurato per la strada senza prima camuffarsi in un modo che l'avrebbe reso praticamente irriconoscibile.

Rimanemmo lì fino a sera; arrivarono in continuazione telefonate, una dopo l'altra e, a parte alcune che avrebbero potuto essere veritiere e che costrinsero varie pattuglie a muoversi per andare a controllare, le altre furono ridicolmente incredibili.

Una signora giurò che l'aveva visto in un parco, arrampicato su di un albero, che si guardava intorno con aria feroce, brandendo un fucile da caccia e minacciando i passanti con parole a dir poco irripetibili.

Un'altra assicurò che l'aveva visto aggirarsi per le vie del centro con in mano un'enorme spada luccicante e con un elmo in testa, tipo cavaliere della Tavola Rotonda.

Un'altra ancora ci confidò che il serial killer era sicuramente il marito di sua figlia e che lei glielo aveva detto di non sposarlo, perché era un poco di buono; erano sposati oramai da più di vent'anni, ma continuava a non darle retta e non voleva saperne di lasciarlo.

Adesso che l'avremmo arrestato, finalmente sua figlia avrebbe capito che lei aveva ragione e si sarebbe decisa a chiedere il divorzio.

Un ragazzino telefonò per dirci che il ricercato era certamente il suo professore di matematica camuffato, perché nessuno poteva essere più cattivo di lui.

Un anziano signore giurò che l'omicida si era travestito da donna e che, dopo averla uccisa, aveva preso il posto di sua moglie.

Ci pregò di correre ad arrestarlo, perché lo angariava dal mattino alla sera e lui non ne poteva proprio più.

Un altro ci mise a parte della sua scoperta: gli assassini erano due gemelli identici che colpivano una volta per uno, mentre l'altro forniva un eventuale alibi.

Lui l'aveva visti tutti e due insieme allontanarsi, a braccetto, dal luogo di uno dei delitti; ci diede l'indirizzo preciso: era all'altro capo della città, dove non era mai stato ammazzato nessuno.

Una delle ultime telefonate la fece un'anziana signora, che ci confidò che il serial killer altri non era che il suo parroco, che di giorno stava in Chiesa a pregare, e di notte invece andava in giro ad ammazzare la gente.

Specificò che aveva già eliminato centinaia di persone.

Purtroppo quando si pubblica sul giornale la foto di un ricercato, la fantasia viene stimolata in maniera incredibile, e tutti quelli che sono un po', o tanto, fuori di testa, telefonano facendo le dichiarazioni più assurde.

A parte la tragicità della situazione, non potemmo fare a meno, in molte occasioni, di fare delle grasse risate nell'ascoltare alcune di queste segnalazioni veramente comiche.

Quando le telefonate cessarono, anche perché era arrivata l'ora di cena e adesso la gente aveva da pensare a far da mangiare e a mangiare, quindi l'assassino passava in seconda linea, decidemmo di andarcene a casa, considerando che eravamo in piedi dalle tre e mezza del mattino, senza un attimo di riposo e senza nemmeno aver pranzato.

Arrivato a casa, Julie mi accolse molto agitata: aveva guardato alla televisione la ripresa che era stata effettuata nella notte e che era stata mandata in onda durante il notiziario.

Mi disse che aveva visto me e Steve vicino al cadavere, con tutto quel sangue e si era preoccupata.

Inutile fu spiegarle che quel sangue era del morto e non nostro, quindi non doveva preoccuparsi di niente, e che, come poteva constatare, io stavo benissimo e anche Steve stava benissimo.

Niente da fare, dovetti coccolarla, tenerla stretta a me e a poco a poco si calmò.

Una volta tranquillizzata, incominciò ad accarezzarmi e a baciarmi; dovetti fermarla:

"Amore, ti prego, sono stanco e ho fame, non ti offendere, però adesso proprio non ce la faccio. Ti prometto che questa notte sarò un amante eccezionale, ora invece farei sicuramente cilecca.

Mangiamo, riposiamoci e poi vedrai che cosa ti farò".

Fece il broncio, ma era per finta, lo sapevo benissimo; oramai la conoscevo perfettamente.

Mangiammo una parte degli avanzi della sera prima; l'altra parte la stavano certamente mangiando Steve e Maureen.

Dopo aver cenato ci mettemmo comodi sul divano, lei abbassò la luce, mise un po' di musica e poi si accoccolò accanto a me.

Sapevo che, nonostante la stanchezza accumulata durante tutto il giorno, non avrei resistito a lungo alle sue carezze; infatti, per la prima volta, facemmo l'amore lì, dove ci trovavamo.

Forse sarà stata la pigrizia di alzarmi e arrivare fino alla nostra camera, forse il desiderio di una cosa nuova, comunque non mi dispiacque.

La mancanza di spazio, la paura di cadere di sotto, ci costrinse a restare ancora stretti l'uno all'altra anche quando fu tutto finito.

Questo "rimanere in posizione" fece sì che ben presto fummo in grado di rincominciare un altro round; se non fosse che ero veramente stremato per la mancanza di sonno, mi sa che avremmo continuato così per tutta la notte.

L'indomani passò relativamente tranquillo.

Come sempre, al pomeriggio andammo alla Centrale per vedere se si era fatto qualche passo in avanti; Mills disse che avevano ricevuto ancora moltissime telefonate, ma nessuna attendibile.

Era evidente che Bob stava nascosto da qualche parte e usciva, oramai, solo per compiere i suoi delitti.

Eppure avrà ben dovuto mangiare; non ci risultava, infatti, che, scappando dalla casa di Jane, avesse portato via del cibo.

Chiesi a Harry di procurarsi tutte le registrazioni degli ultimi tre giorni, fatte dalle telecamere dei supermercati delle zone limitrofe sia al quartiere dei delitti, sia al quartiere dove aveva abitato ultimamente.

Mandò immediatamente i suoi uomini e nel giro di un paio di ore ci consegnò una trentina di cassette; con santa pazienza Steve e io ci mettemmo a controllarle.

Dopo averne visionato una decina, finalmente in una notammo un anziano signore, con tanto di barba bianca, capelli bianchi e bastone che ci insospettì subito.

Camminava curvo e zoppicando, ma la sua corporatura ci ricordava molto da vicino quella di Bob.

Ingrandimmo le immagini; anche se stava curvo, si vedeva chiaramente che era molto alto e che aveva un corpo atletico e giovanile.

Riuscimmo a isolare il suo volto: sotto la barba bianca, la pelle era quella di un giovane uomo e i suoi occhi avevano uno sguardo vivo e attento che non era certamente quello di un vecchio.

Era Bob camuffato, ne eravamo assolutamente sicuri; col programma di riconoscimento facciale e strutturale, il computer ci diede ragione.

Stampammo una foto e andammo subito al supermercato.

Il direttore chiamò il personale che era presente nel giorno e nell'ora in cui era stata effettuata la ripresa; quasi tutti si ricordavano di quel vecchio signore che, nell'aspetto e soprattutto nell'atteggiamento, aveva fatto loro pensare a un militare in pensione.

La cassiera, una giovane e prosperosa ragazza, aveva notato una dentatura perfetta quando le aveva sorriso salutandola, tanto che aveva creduto che avesse una bella dentiera e, poi, quando l'aveva guardata, aveva anche notato nel suo sguardo un qualcosa di giovanile, un guizzo di desiderio sessuale che l'aveva imbarazzata.

Ci confidò che aveva pensato:

"Che vecchio sporcaccione!".

Diramammo subito la foto a tutti i posti di Polizia, sperando che mantenesse ancora per un po' quel travestimento, almeno per il tempo necessario a trovarlo e ad arrestarlo.

E il tempo incalzava: avevamo solo poco più di ventiquattro ore prima che uccidesse di nuovo, potevamo soltanto contare sulla possibilità che, sentendosi al sicuro, uscisse dalla sua tana per una ragione qualunque camuffato nello stesso modo; forse avrebbe potuto essere quello l'errore che l'avrebbe finalmente tradito.

IX

Nel pomeriggio del terzo giorno arrivò in Centrale la segnalazione di una pattuglia che aveva individuato, da lontano, un anziano uomo con barba e capelli bianchi che rassomigliava molto alla descrizione che era stata diramata del ricercato.

Il sospetto camminava lungo il fiume, aiutandosi con un bastone; prima che i poliziotti potessero raggiungerlo e fermarlo, era entrato in un bar.

L'avevano immediatamente seguito all'interno del locale; non vedendolo avevano domandato di lui al barista. Questi aveva risposto che un anziano signore era effettivamente entrato chiedendo di poter andare alla toilette e che non ne era ancora uscito.

Si erano, allora, precipitati dentro, ma la toilette era vuota e la finestra che dava sul retro era spalancata; per terra c'erano barba e parrucca bianche.

Si erano gettati al suo inseguimento, avevano perlustrato i dintorni cercando di individuarlo, ma lui si era volatilizzato, era sparito nel nulla.

Evidentemente si era reso conto di essere stato riconosciuto.

Mills aveva mandato dei rinforzi con l'ordine tassativo di battere a tappeto tutta la zona, entrando praticamente in tutte le case e in tutti i locali, ma di Bob nessuna traccia.

Era di nuovo riuscito a sfuggire alla cattura per un pelo.

Oramai era sera, fra poche ore avremmo trovato il settimo cadavere.

Nonostante fosse braccato da vicino, nonostante fosse riuscito a sfuggire, per due volte, all'arresto, in maniera quasi miracolosa, non avrebbe certamente rinunciato, purtroppo, a continuare e a portare a termine la sua opera.

Non mi stupii, perciò, quando Mills, alle tre e mezza, mi

chiamò per annunciarmi che avevano trovato la settima vittima.

Il cadavere era gettato come un fantoccio su di un mucchio di spazzatura, forse per un ultimo gesto di spregio.

Pioveva, quella notte, e la pioggia aveva lavato via tutto il sangue; rimaneva, sulla sua fronte, solo quel buco rosso scuro, dal contorno bruciacchiato.

Mi fece venire in mente quel segno che molti indù portano esattamente nello stesso punto.

Solo che lui non era un indù, era un bell'uomo sui cinquanta, leggermente stempiato, capelli grigi, occhi chiari, molto elegante, con vestiti costosi di ottima fattura e, soprattutto, era morto; accanto aveva una borsa di pelle piena di documenti.

Il medico legale, quando ci vide sospirò:

"Come al solito; il mio lavoro sta diventando monotono.

Non ci sono più i bei delitti di una volta che mi davano qualche soddisfazione, che stuzzicavano la mia intelligenza durante l'esame autoptico; ora invece, sempre solo un proiettile in fronte e basta!".

Intervenne Mills:

"Si chiamava Francis Moore, era un famoso avvocato, molto temuto dai procuratori; difendeva i mafiosi e riusciva sempre, in un modo o nell'altro, a tirarli fuori dai pasticci.

Anche il peggior delinquente, il criminale più incallito, difeso da lui veniva regolarmente assolto.

Insomma, aveva un pelo sullo stomaco spesso una spanna.

Aveva fatto una rapida carriera e si era arricchito velocemente; mi risulta che chiedesse delle parcelle stratosferiche, che, comunque, i suoi clienti erano perfettamente in grado di pagare.

Era sposato, con un figlio; la moglie è la nipote di un famoso boss, che varie volte abbiamo cercato di incastrare, ma che, difeso dal nipote acquisito, se l'è sempre cavata alla grande, il figlio studia legge in un college esclusivo e si appresta a seguire le orme del padre.

Abitava nel quartiere più elegante di Washington e aveva lo

studio a due isolati da casa sua in un palazzo prestigioso.

Come vedete, però, i suoi soldi e i suoi potenti amici non gli sono serviti per salvarsi la vita".

"Come mai non aveva una guardia del corpo? Strano per uno come lui" obiettai.

"Forse era troppo sicuro che le sue relazioni bastassero a proteggerlo; evidentemente non ha preso in considerazione la possibilità di essere una delle vittime prescelte dal serial killer. E come avrebbe potuto del resto? Niente lo legava né a lui né alle vittime precedenti".

"Cosa ci faceva a quest'ora da queste parti?" Gli domandai.

"Non si sa, sembra comunque che ci sia venuto da solo; abbiamo trovato la sua macchina a circa cento metri da qui, ben parcheggiata, chiusa. Le chiavi erano nelle sua tasca".

"Evidentemente Bob deve averlo attirato in questo posto in un qualche modo, con chissà quale scusa".

"Nemmeno questa volta i tuoi uomini hanno visto qualcuno che potesse rassomigliare a Bob?" Chiese Steve.

"No, nessun sospetto; d'altronde ora che sa che gli stiamo addosso, prenderà tutte le precauzioni possibili e immaginabili e metterà in opera tutti i suoi trucchi. L'avete addestrato troppo bene".

"Siamo addestrati tutti allo stesso modo, per fortuna sono pochissimi quelli di noi che si danno al crimine" ribatté.

"Meno male, se no come faremmo noi, poveri poliziotti, ad arrestarli?".

Intanto erano arrivati i giornalisti e la televisione; erano numerosissimi: il morto era un uomo molto conosciuto, faceva notizia.

Rincominciarono con le domande, ficcarono il naso ovunque; faticammo parecchio a tenerli lontani dal cadavere e a impedire loro di inquinare completamente la scena del crimine.

Mills, poi, si arrabbiò moltissimo quando una giornalista gli chiese:

"Cosa fa la Polizia, mentre questo assassino va in giro ad ammazzare?".

"Gioca a *Cluedo*" rispose, poi diede ordine ai suoi uomini di farli sgomberare tutti.

Se ne andarono protestando che così si impediva la libertà di stampa e di informazione, che la gente aveva il diritto di sapere nei minimi particolari cosa stava succedendo, che si sarebbero rivolti in alto, che la Polizia evidentemente non sapeva fare il suo lavoro….

"Avvoltoi!" Esclamò Harry mentre li guardava allontanarsi.

Quindi ordinò di rimuovere il corpo.

"Questo omicidio farà grande scalpore" disse "le famiglie mafiose entreranno in agitazione e, potenti come sono, chiederanno la mia testa. Sanno a chi rivolgersi, ma non mi fanno paura, io continuerò per la mia strada.

Ora andate, sarete stanchi; ci vediamo domani".

Raccomandai a Mills di controllare se, fra le pratiche, anche vecchie di Moore, ce ne fosse stata una legata in qualche modo a Bob, ma ero convinto che non avrebbe trovato assolutamente niente.

E così fu.

L'indomani telefonò a Mills la padrona del negozio di caramelle, lo informò che un ragazzino era andato a comprare una grande quantità di quelle caramelle alla liquirizia che piacevano tanto a Bob.

Gli aveva chiesto per chi erano, aveva risposto che stava facendo una commissione per un signore che gli aveva promesso una grossa mancia.

Poiché era il periodo in cui il solito giovanotto faceva la sua scorta e poiché dalle foto sul giornale l'aveva, purtroppo, riconosciuto, si era affrettata ad avvisarci.

Andammo subito a parlarle.

Quando ci vide entrare, non ci lasciò nemmeno aprir bocca.

"Salve ragazzi" esclamò "che cosa orribile; pensare che era un giovane così gentile, così per bene. Mi piaceva, mi sembrava proprio un bravo ragazzo, non avrei mai potuto immaginare che fosse invece un feroce assassino".

"Purtroppo spesso i serial killer si mascherano sotto l'aspetto di persone buone e miti" le risposi "per questo è così difficile trovarli. Ma lei può stare tranquilla, signora, non ha niente da temere. Ci può dire se conosce il ragazzino che è venuto a comprare le caramelle?".

"Certo che lo conosco, si chiama Tim, abita a due isolati da qui. Vi scrivo l'indirizzo".

Scrisse qualcosa su di un foglietto e ce lo porse; la ringraziammo.

Arrivati alla casa del bambino suonammo alla porta; ci aprì una donna giovane e graziosa.

Subito Steve sfoderò il suo affascinante sorriso.

"Buongiorno signora, siamo della Polizia" mostrammo i tesserini "se non le dispiace vorremmo fare qualche domanda a suo figlio Tim".

Si spaventò.

"Tim? Ha fatto qualcosa di male?".

"No, stia tranquilla, nessun problema; probabilmente ha visto una persona che stiamo cercando. Abbiamo bisogno di chiedergli solo qualche informazione".

Ci fece entrare, ci fece accomodare in sala e chiamò subito il bambino.

Arrivò di corsa; era un ragazzino di circa dieci/undici anni, piuttosto alto per la sua età, molto sveglio, dallo sguardo acuto e intelligente, che rassomigliava moltissimo alla madre.

Ci squadrò con grande attenzione, per nulla intimorito.

"E' vero che siete due poliziotti e che volete parlare con me?".

"Sì, Tim; sappiamo che sei andato a comprare delle caramelle per un signore. Puoi descrivercelo, per favore? Anzi, raccontaci tutto dall'inizio".

Si sedette su di una sedia davanti a noi, restò qualche secondo pensieroso, poi iniziò:

"Questa mattina sono andato a giocare a pallone qui, davanti a casa, con alcuni amici..."

Lo interruppi:

"Questa mattina? Come mai non eri a scuola?".

Mi guardò, scuotendo la testa.

"Tu non hai bambini, vero?".

"No, non ancora".

"Ecco perché non sai che le scuole non sono ancora incominciate!".

Gli chiesi scusa della mia ignoranza e lo pregai di continuare.

Riprese:

"Dunque, a un certo punto abbiamo visto una grossa moto nera ferma dall'altra parte della strada; il motociclista ci stava guardando. Poi si è tolto il casco e mi ha fatto segno di avvicinarmi.

"Vuoi guadagnarti qualche dollaro?" Mi ha chiesto.

"Dipende" gli ho risposto.

Si è messo a ridere.

"Devi solo andare al negozio dove vendono caramelle e compramene un chilo di queste".

Mi ha dato una caramella di campione, era di liquirizia; qualche volta le compro anch'io, sono molto buone.

"Basta?" gli ho chiesto.

"Basta".

Ho accettato, mi ha regalato dieci dollari".

Gli mostrammo la foto di Bob.

"E' lui?".

"Sì, sono sicurissimo".

"L'avevi mai visto prima?".

"Lui no, cioè, no senza casco, ma la sua moto sì, l'ho vista passare spesso da queste parti; sa, è una moto bellissima, nera, deve andare anche molto veloce, mi piacerebbe, quando sarò grande, averne una uguale.

L'ho vista quasi sempre di giorno, a volte anche di sera e, un paio di volte, di notte".

"Di notte?".

"Sì, vieni" mi portò all'esterno e mi mostrò una finestra al primo piano della casa "quella è la finestra della mia camera. Quando faccio un brutto sogno, e mi capita abbastanza spesso, mi alzo e guardo fuori.

Mi piace la strada quando non c'è nessuno, mi tranquillizza; vedo che tutti dormono, anche i miei amici.

Io conosco tutte le finestre delle loro camere, e allora mi dico che se loro dormono e non hanno paura, nemmeno io devo averne, così torno a letto e mi riaddormento subito.

Un paio di volte che ero alla finestra l'ho visto passare; anche la notte scorsa".

Rientrammo in casa.

"Ti ricordi che ora era?" Gli domandai.

Fece segno di sì con la testa:

"Sì, erano quasi le tre".

"Bravo, Tim, sei proprio un ragazzo in gamba, ci hai dato un grande aiuto; adesso dobbiamo andare, torna pure a giocare".

Ebbe un attimo di esitazione, poi domandò:

"Prima posso chiedervi un favore?".

"Dì pure".

"Posso vedere le vostre pistole?".

Le estraemmo dalla fondina, togliemmo il caricatore e le posammo sul tavolo di fronte a lui; Tim le guardò affascinato, quindi allungò la mano e le sfiorò.

"Sapete, da grande voglio fare il poliziotto anch'io. E' una vita dura, vero?".

"Abbastanza, ma se lo farai con passione e con coscienza, non ti peserà; auguri, Tim e grazie".

Rimettemmo le pistole nella fondina, ringraziammo la mamma di Tim per la sua cortesia e uscimmo.

"Ti rendi conto, James, la polizia ha girato tutta la notte e non l'ha visto. Questo ragazzino si è affacciato un attimo alla finestra e l'ha beccato subito; veramente incredibile".

Annuii:

"Si vede che diventerà un buon poliziotto".

Ritornammo alla Centrale e raccontammo tutto a Mills.
Quello che Tim ci aveva rivelato in realtà non era niente di nuovo.
Sapevamo già tutto, però, grazie a lui, avevamo scoperto che passava spesso per quella strada; avrebbe potuto essere un eccellente punto di appostamento.
Naturalmente Harry organizzò subito un turno di pattugliamento continuato per quella zona e quella strada in particolare.
La speranza era, se non fossimo riusciti a catturarlo prima, di riuscire a fermarlo la notte del prossimo delitto, mentre si recava a sequestrare e a uccidere la vittima prescelta.
Mi chiesi da quanto tempo aveva organizzato tutto questo, se aveva già un programma preciso, magari da mesi, un elenco delle persone predestinate da cui ogni volta cancellava un nome, come avevo già pensato, o se mi ero sbagliato e le sceglieva di volta in volta, subito dopo aver commesso il delitto precedente.
Secondo me, e Steve fu d'accordo quando gli esposi la mia teoria, era una cosa che covava dentro da molto tempo e, prima di decidersi a mettere in atto il suo terribile progetto, aveva già stabilito esattamente chi e quando uccidere.
Infatti troppo pochi giorni passavano fra un omicidio e l'altro, non gli sarebbe stato possibile, in quel breve lasso di tempo, sferrare con sicurezza l'attacco mortale.

X

Gli altri due giorni passarono velocemente, anche troppo.

Il mio istinto mi diceva che stavamo rapidamente avvicinandoci alla fine, che i gradini della sua scala immaginaria stavano per esaurirsi, che presto saremmo arrivati in cima.

Quanti sarebbero stati ancora? Due? Tre? Forse quattro, ma non di più, di questo ero ormai sicuro.

Quel pensiero mi provocava un'ansia apparentemente ingiustificata, sentivo incombere su di me un pericolo mortale che mi pesava sul cuore come un macigno.

Eppure ero abituato a correre dei rischi; tutte le volte che partivo per una missione non avevo mai la certezza di sopravvivere, spesso le possibilità di morire erano molto alte, ma mai avevo sentito il fiato gelido della morte così vicino a me, nemmeno quel giorno in Afghanistan, quando Burtler mi aveva praticamente riportato in vita.

Cercavo di distogliere il pensiero, ci riuscivo anche, ma poi, quando meno me l'aspettavo, si faceva di nuovo largo nella mia mente.

Arrivò il terzo giorno.

Di Bob nessuna traccia; nonostante gli uomini di Mills continuassero a pattugliare in continuazione il quartiere, nessuno l'aveva avvistato; cadevano a poco a poco tutte le speranze di salvare l'ottava vittima.

Al mattino, come sempre, andai con Steve al Corso; appena finita la lezione, Steve mi venne incontro agitatissimo:

"James, Bob si è fatto vivo, ha chiamato Mills in Centrale, voleva parlare con te. Quando gli ha risposto che tu saresti stato lì nel pomeriggio fino a tardi, gli ha detto che richiamerà alle dieci di questa sera, non un minuto prima, non un minuto dopo. Se tu non ci sarai, lui farà quello che deve fare".

"Ci sarò, stanne pur certo".

"James, attenzione, qualunque cosa ti dirà, qualunque richiesta ti farà, bisognerà valutarla con calma e con molta attenzione. Sai che non possiamo fidarci di lui; promettimi che decideremo insieme il da farsi".

"Steve, vorrei potertelo promettere, ma non posso, dipenderà dal tempo che ci concederà per prendere delle decisioni.

Tu sai, e mi dispiace ricordartelo, che al comando di questa operazione ci sono io e che quindi, ti piaccia o no, dovrai accettare quello che deciderò al momento".

"Lo so, ed è proprio per questo che mi preoccupo; ho paura che tu, sperando di poterlo convincere a costituirsi, ti metta nei guai. Lo sai che è un soggetto altamente pericoloso, un pazzo scatenato, un assassino..."

Non lo lasciai finire.

"Certo, Steve, lo so, ma io farò quello che il mio senso del dovere in quel momento mi ispirerà".

Scosse la testa e si allontanò borbottando:

"Temevo proprio che mi rispondessi così; a volte penso che anche tu sia un po' fuori di testa, proprio come lui...pazzi, entrambi pazzi...".

Feci finta di non sentire, sapevo che le sue parole erano dettate dall'affetto che aveva per me.

Nel pomeriggio Mills mi confermò la telefonata:

"Aveva una voce tranquilla, sicura di sé, non aveva per niente l'atteggiamento solito dei serial killer; parlava gentilmente, in modo pacato, sono rimasto stupito".

"E' una follia lucida" risposi "è un uomo determinato, capace di gestire le sue emozioni, sa quello che vuole, anche se ora vuole solo uccidere; lo fa con la calma di un "dio" dominatore e onnipotente che non può essere contrastato.

E' convinto che uccidere chi vuole e quando vuole sia un suo pieno diritto e che nessuno possa opporsi a lui".

Assentì.

"Capisco. Ragazzi, andate pure a casa, temo che questa che viene sarà una lunga notte; ci vediamo più tardi, ora riposate".
Seguimmo il suo consiglio.

Quando arrivai a casa, Julie si stupì; mi saltò al collo come sempre.
"Dimmi che è finita e che l'avete preso".
"No, Julie, purtroppo non è finita e non l'abbiamo ancora preso, contiamo però che tutto possa concludersi questa notte stessa.
Anzi, a proposito, verso le nove e mezza Steve e io dovremo uscire per andare alla Centrale e non so se potremo tornare a dormire a casa; mi farebbe piacere che Maureen venisse qui, così non starete sole".
Annuì.
"Sai cosa ti dico James? Che li invito a cena; dopo cena tu e Steve potrete andare al lavoro e, visto che Maureen sarà già qui, dormirà con me. D'accordo?".
"D'accordo, amore mio, ottima idea".
Mi sentivo veramente più tranquillo che le due sorelle fossero insieme perché, purtroppo, mi aveva assalito di nuovo quel pensiero di morte che già da qualche giorno non mi lasciava.
Se avessero dovuto comunicare a Julie una brutta notizia, la presenza della sorella l'avrebbe certamente sostenuta.
No, dovevo scacciarlo quel pensiero, non dovevo lasciarmi condizionare da lui, non dovevo, avrebbe potuto indebolirmi psicologicamente, e non potevo permetterlo.
Intanto sentii che Julie stava parlando a telefono con sua sorella.
"Tutto a posto" mi disse allegramente "vengono alle otto".
Le sorrisi e la presi fra le braccia; avevo un paio di ore per stare con lei, per fare l'amore, sperando che non fosse l'ultima volta.
Mi ricordai improvvisamente di quell'ultima volta che avevo

fatto l'amore con Raquel[4]: l'avevo amata con la passione e la disperazione di un uomo che sta per andare a morire; però allora, anche se lei non lo sapeva e anche se io, in quel momento, mi sentivo come se veramente stessero per fucilarmi, la mia morte sarebbe stata solo una finzione.

Questa volta, invece, se le cose fossero andate male, io sarei morto sul serio, la mia sarebbe stata una morte vera, definitiva.

Ci amammo e poi ci amammo ancora; volevo lasciarle un ricordo pieno d'amore, ma provai la stessa disperazione che avevo provato con Raquel, anche se cercai di dissimularla sotto l'impeto della passione.

Julie capì che c'era qualcosa che non andava, mi chiese cosa avevo, se c'era qualche problema.

Naturalmente negai, le dissi che forse era la stanchezza, forse la preoccupazione per questa notte in cui avremmo dovuto arrestare l'assassino, ma lei non mi credette, anche se fece finta di starsene delle mie parole.

Lo vidi dai suoi occhi, da come mi guardò per tutta la sera.

Cercai di essere sereno, persino allegro, per convincerla che non doveva preoccuparsi, ma non ci riuscii.

Del resto anche Steve non fu del suo solito umore; mi accorsi che ogni tanto mi guardava pensieroso, che avrebbe voluto dirmi qualcosa che non mi disse.

Quando fu il momento di andare via, Julie mi si attaccò al collo, come per impedirmi di uscire.

Dovetti staccarla da me quasi di forza; la baciai.

"Sta' tranquilla amore, ci vediamo domani".

Mi fece segno di sì con la testa, ma nei suoi occhi vidi brillare una lacrima.

Quando fummo nel portone, Steve mi chiese se andavamo con una sola moto, gli risposi:

"No, potrei dovermi allontanare da solo, è meglio che ognuno

---

[4] Vedi della stessa autrice: "La morte non la puoi ingannare"

vada con la propria".

Non fece commenti, mise il casco, montò sulla sua e partì.

Ci ritrovammo dopo un quarto d'ora alla Centrale; mancavano dieci minuti alle dieci.

Alle dieci in punto squillò il telefono; risposi immediatamente e misi il viva-voce.

"Ciao James, ti ho riconosciuto subito; quanto tempo è passato dall'ultima volta?".

"Ciao, Bob, direi tredici anni, più o meno. Avrei preferito sentirti in circostanze diverse da queste; prima di tutto dimmi, come sai che mi occupo di questo caso?".

"Ti ho visto alla televisione, ti avevano ripreso sul luogo del sesto gradino mentre parlavi con Mills; c'era anche Steve.

E' stato in quel momento che ho capito con certezza che mi avevate identificato; a proposito, ora me lo puoi dire: come avete fatto?".

"Una carta di caramella, delle tue caramelle preferite, che hai lasciato cadere su di un cadavere. Abbiamo trovato una tua impronta: è stata la gola a tradirti".

Rise.

"Adoro la liquirizia, quelle caramelle poi sono fantastiche, le migliori che abbia mai mangiato. Certo che è stato un errore imperdonabile da parte mia lasciare in giro quella carta! Poco male, così mi è venuta l'idea di cercarti, di cercare il mio vecchio, caro, compagno di lotta".

"Bene, mi hai trovato; ora dimmi cosa vuoi da me".

"Voglio parlarti di persona, io e te da soli".

"Perché? Di cosa dobbiamo parlare?".

Fece una brevissima pausa, poi riprese:

"Questa notte è la notte dell'ottavo gradino, tu lo sai bene".

"Sì, lo so. Bob, ascolta, devi smetterla, non puoi continuare a uccidere degli innocenti; fino a quando durerà questa storia? Quante persone dovranno morire ancora prima che la tua sete di sangue sia soddisfatta?

Devi rientrare in te, devi tornare il ragazzo di una volta, quello di diciotto anni fa. Mi vuoi dire perché cazzo hai combinato tutto questo? Perché tanto orrore?".

"Te lo dirò, ma non ora. Capisco che tu stia cercando di tenermi al telefono il più a lungo possibile per intercettarmi e sguinzagliarmi addosso i tuoi uomini, ma io non sono un idiota, non ci riuscirai.

Per adesso ti dico solo questo: sono stanco, sto pensando seriamente di fermarmi qui, uccidere, in fondo, non mi diverte più, ma prima voglio trattare la mia resa con te.

So che di te, comunque, posso sempre fidarmi, ti conosco abbastanza per esserne sicuro; se ci metteremo d'accordo, tu potrai arrestarmi. Non sarebbe la prima volta, se ben ricordo, vero?".

"Vero, ma che garanzie mi dai?".

"Solo la mia parola, non ho altro da offrirti; se non ci metteremo d'accordo, ognuno se ne andrà per la sua strada. Io continuerò la mia opera; la vittima l'ho già scelta, mi appartiene già, devo solo ucciderla, e tu sarai libero di tornartene a casa.

Sempre, naturalmente che tu non abbia tanta paura di me da non volermi incontrare".

"Non ho paura, dimmi cosa devo fare".

Vidi Steve che mi faceva disperatamente segno di no, di non dargli retta, di non fidarmi.

"Ne ero certo, sei sempre stato molto coraggioso. Ascolta bene, James: devi venire da solo, disarmato. Se dovessi accorgermi che qualcuno ti segue, sarei costretto a ucciderti; penso che tu mi capisca.

Ti aspetto fra un'ora precisa all'angolo della strada dove c'è il bar; tu sai quale, perché ci sei andato con Steve a chiedere di me.

Vieni in moto, io sarò là, in moto anch'io; quando arriverai, mi farai una segnalazione con le luci. Poi ti guiderò in un posto dove potremo parlare tranquillamente, io e te, da soli, senza che nessuno ci disturbi. Ci stai?".

Steve continuava a farmi segno di no.

"Sì, ci sto. Fra un'ora".

"Anche tu mi dai la tua parola d'onore che verrai solo e disarmato?".

"Sì, Bob, ti do la mia parola d'onore".

"D'accordo, ti aspetto".

La comunicazione s'interruppe.

Il tecnico scosse la testa: per una manciata di secondi, non era riuscito a isolare il punto da cui aveva chiamato.

Steve mi prese per un braccio e mi scrollò.

"Ma sei diventato pazzo anche tu? Non puoi andare, non te lo permetterò, sarebbe un suicidio.

Non capisci che ti ammazzerà sicuramente? Sai bene che non ti puoi fidare di lui, mi pare che ce l'abbia già dimostrato".

Annuii:

"So che è un grosso rischio, ma non posso fare altrimenti.

Se esiste anche una minima possibilità che voglia veramente arrendersi e costituirsi, io non posso trascurarla. Potrei salvare la vita ad alcune persone, compreso il Presidente; non mi sento di farmi onere della loro morte".

"Guarda, che non salverai nessuno. Lui è pazzo, ti rendi conto, pazzo da legare, completamente fuori di testa.

Ti sta tendendo una trappola: ucciderà te e poi anche gli altri, non ha più nulla da perdere. Cerca di ragionare, James, ti ammazzerà perché è questo che vuole".

"E' probabile che tu abbia ragione, Steve, ma devo tentare egualmente, è mio dovere. Quante volte in questi anni abbiamo compiuto delle imprese disperate? Questa è una di quelle, ma non posso tirarmi indietro, come non mi sono mai tirato indietro, tu lo sai: è il nostro lavoro".

Si passò una mano fra i capelli, lo faceva sempre quando cercava una soluzione che non c'era.

Si mise a urlare:

"No, cazzo, questo non è il nostro lavoro, andare volontariamente al massacro non fa parte del nostro lavoro.

Ma non ti rendi conto che non hai nessuna possibilità di

cavartela? Non capisci che si vuole vendicare di te per quello che è successo tredici anni fa?

E' l'occasione che ha aspettato per tutti questi anni, e adesso tu gli offri la tua testa su di un piatto d'argento".

Ripensai al sogno, alla mia testa mozzata e sanguinante; distolsi subito la mente da quella orribile immagine e risposi:

"Io non gli ho fatto niente che non mi fosse stato ordinato, e tu lo sai perché c'eri anche tu, abbiamo fatto tutto noi due insieme, ma eseguivamo soltanto degli ordini".

Smise di gridare e parlò dolcemente, con calma, quasi come si parla a un bambino, guardandomi diritto negli occhi:

"Sì, io lo so che eseguivamo degli ordini, ma lui no, lui ora è impazzito; dopo la morte di Jeremy, gli sei rimasto solamente tu. Non dimenticare che sei tu che lo hai scoperto.

Ti ritiene responsabile, l'unico responsabile, tant'è vero che non parla di me; vuole solo te e quando ti avrà, ti ucciderà.

Uno più o uno meno ormai per lui non fa alcuna differenza.

Facciamo così, James, andiamo insieme e ci portiamo una squadra di Polizia; appena lo vediamo lo facciamo fuori senza nemmeno lasciargli il tempo di dire bah, e chiudiamo definitivamente la partita".

Scossi la testa.

"No, Steve, gli ho dato la mia parola, non posso venir meno. Te lo ripeto, se c'è una possibilità che si costituisca e che così possiamo salvare degli innocenti, io devo andare.

Pensa se avesse già sequestrato la sua prossima vittima, ti ricordi che ha detto che gli appartiene già?

Se lo ammazziamo, potremmo non trovarla per giorni, forse mai, e lei potrebbe morire di fame e di sete; i responsabili della sua morte saremmo noi.

E poi, ti confesso, che se riuscissi a salvare anche la sua di vita, ne sarei felice. In fondo mi fa pena, credo che l'arresto e il carcere abbiano fatto scattare in lui la follia e che ora sia sì un assassino, ma anche un uomo disperato.

Prova a guardare le cose dal suo punto di vista: sono stato io a scoprirlo, io ad arrestarlo, con te, certo, ma l'ordine Russell l'aveva dato a me; come hai detto tu adesso, morto Russell, io sono il vero, l'unico e solo responsabile e lui ne è convinto.

Proprio per questo è mio dovere dargli un'ultima possibilità di salvezza, ed è per questo che gli ho dato la mia parola, perché creda che io ho ancora fiducia in lui".

"La tua fiducia? La tua parola a un pazzo? Non ha nessun valore per lui, come non aveva nessun valore per lui la lealtà tredici anni fa.

Tu stesso ammetti che ti ritiene responsabile di quello che gli è successo e ora vuol fartela pagare.

Non andare, ti prego, non andare. Ricordati le parole di Fred, ci aveva avvisati che avrebbe cercato di vendicarsi".

Rimasi un attimo indeciso, non lo avevo mai visto così: era al limite della disperazione.

Cercai di liberarmi dalla sua stretta, ma lui non mollò la presa.

"Mi dispiace, Steve, devo farlo".

Tentò un'ultima carta:

"Hai pensato a Julie? Questa non è una missione vera, questa è un'operazione di Polizia e allora mandiamo la Polizia.

Se ti succede qualcosa, cosa farà tua moglie? Ora non ti spaventa più l'idea di farla soffrire?".

Sentii una fitta al cuore.

"Sì, mi spaventa moltissimo, ma mi spaventa ancora di più l'idea di poter salvare delle vite, compresa quella di Bob, e di non farlo per salvare la mia; perdonami se dovessi far soffrire anche te. Devo andare".

Con uno strattone riuscii a liberarmi, posai la mia pistola sulla scrivania, presi il casco e mi diressi verso la porta.

Mi sentii afferrare per la maglietta e tirarmi indietro.

Era Steve che cercava nuovamente di trattenermi.

Mi attirò verso di sé e mi prese per le braccia.

"Guardami negli occhi, James, vuoi proprio morire? Dimmi la verità: è questo che vuoi?".

"Steve, ti prego, lasciami andare, si sta facendo tardi".

Mi lasciò; uscii di corsa senza voltarmi.

Inforcai la moto e andai senza pensare a niente; se avessi pensato, avrei dovuto dare ragione a Steve e tornare sui miei passi.

Arrivato al bar, vidi una moto nera ferma: era sicuramente lui; segnalai la mia presenza con le luci.

Bob mi fece segno con la mano di seguirlo e partì.

Lo seguii; arrivammo fino alla riva del fiume e ci fermammo vicino a una vecchia casa isolata e in buona parte diroccata dove evidentemente non abitava più nessuno da molto tempo, e che, quasi certamente, era il suo attuale rifugio che avevamo tanto cercato.

Bob scese dalla moto e si tolse il casco; lo riconobbi subito, anche se gli anni, e soprattutto la vita, gli avevano scavato e indurito i lineamenti del volto.

I capelli neri e folti gli ricaddero sulla fronte come allora e, come allora, lui li ricacciò indietro con lo stesso identico gesto della mano che gli avevo visto fare mille volte; era sempre bello, ma, come aveva detto Fred, la sua bellezza aveva un qualcosa di perverso, da angelo caduto.

Nei suoi occhi notai, quando mi vide, come un lampo di cattiveria mista a soddisfazione che mi insinuò nell'anima un'angoscia sottile; la scacciai immediatamente.

Mi si avvicinò sorridendo come un vecchio amico.

"Allora sei venuto, James, bravo. E sei solo?".

"Sì".

"Sicuro?".

"Sì, puoi controllare tu stesso".

Si guardò attorno, poi abbassò la testa in segno di assenso, senza mai smettere di sorridere.

"Disarmato?".

"Sì".

"Ti dispiace se ti perquisisco? Non per mancanza di fiducia, ma non si sa mai, meglio essere prudenti".

Alzai le mani e mi lasciai perquisire.

"Bene, vedo che hai fatto quello che ti avevo chiesto".

"Sì, ti ho dato la mia parola e l'ho mantenuta".

Rise.

"Già, è vero, mi hai dato la tua parola! Forse non sei stato furbo a fidarti, io al tuo posto non l'avrei fatto".

Sentii un brivido nella schiena.

"Bob, che cazzo, sono venuto perché hai detto che volevi parlarmi; ora sono qui, quindi parla".

"Sì, parleremo, ma non qui, non subito; prima devi fare un'altra cosa per me".

"Cosa vuoi che faccia ancora?".

"Qualcosa di molto semplice".

Mi puntò contro la pistola che aveva improvvisamente estratto da una tasca; nell'altra mano mi accorsi che teneva una fascetta di plastica.

Ora non sorrideva più.

"Voltati, inginocchiati per terra e metti le mani dietro la schiena".

"Bob, anche tu mi hai dato la tua parola..."

Non mi lasciò finire, scoppiò in una risata.

"La mia parola? Cosa ha mai contato la mia parola? La parola di un traditore, di un assassino, di un pazzo!

Te l'ho detto che non hai fatto bene a fidarti, ma tu, in fondo, sei sempre stato un ingenuo; forte, coraggioso, ma ingenuo, forse anche un po' stupido, ed è proprio su questo che io contavo.

Voltati, inginocchiati e metti le mani dietro la schiena, altrimenti ti sparo immediatamente".

Obbedii, non potevo comportarmi diversamente; io ero disarmato e dal tono della sua voce avevo capito che, se non avessi fatto ciò che mi aveva detto, mi avrebbe sparato senza pensarci su un attimo.

Mi passò la fascetta intorno ai polsi, mi sistemò le mani in modo che i palmi fossero rivolti all'esterno e la chiuse con tanta forza che me la fece penetrare profondamente dentro la carne.

"James, mi dispiace, l'ho stretta un po' troppo; poco male, intanto tu sei forte, sopporterai".

Poi sentii un dolore violentissimo alla testa.

Prima di perdere completamente conoscenza, mi accorsi che stavo crollando a terra; pur essendo già in ginocchio, mi sembrò da cadere dall'alto, dalla cima di una montagna, di dondolare sospeso nell'aria, mentre una densa nebbia mi stava avvolgendo.

Avvertii una fitta bruciante a uno zigomo.

Poi più nulla.

XI

Quando ripresi conoscenza, mi accorsi che ero legato a una sedia in una specie di enorme scantinato maleodorante.

Una lampadina pendeva dal soffitto e rischiarava appena il locale conferendogli un aspetto se possibile ancora più triste e tetro.

Come i miei occhi si abituarono a quella penombra, potei scorgere un tavolo sgangherato, sopra il quale c'erano un pezzo di pane, un piatto, una birra e una bottiglia di acqua.

Accanto al tavolo un altro paio di sedie; un materasso vecchio e sporco era per terra accostato al muro alla mia destra, gettata su di esso una coperta logora tutta piena di buchi.

Un'apertura si trovava sulla parete di sinistra a circa 5/6 metri da me, ma non dava sull'esterno, probabilmente al di là doveva esserci un corridoio buio che forse a sua volta portava fuori dalla casa.

Provai a muovermi, ma i nodi delle corde erano molto stretti ed erano fatti a regola d'arte, come avrei potuto farli io stesso, cioè come ci avevano insegnato durante il periodo di addestramento.

Pensai alle parole di Steve; aveva ragione lui, Bob aveva mentito per attirarmi in una trappola.

Voleva solo vendicarsi su di me e adesso ero nelle sue mani senza nessuna possibilità di difendermi.

Ma in fondo me lo aspettavo; mi avrebbe ammazzato come tutti gli altri, quasi certamente sarei stato la sua ottava vittima: un colpo in mezzo alla fronte e la mia vita sarebbe finita.

Sentii dei passi alle mie spalle, poi me lo vidi davanti.

"Ciao, James" mi disse "ti sei svegliato, finalmente. Tredici anni fa ero io legato come un animale, ti ricordi? Ora i ruoli si sono invertiti".

"Ciao Bob" gli risposi "sempre il solito sleale e traditore, vero?".

"E tu sempre il solito stupido idealista che crede nella lealtà e nell'onore, proprio come allora. Ed è stato per lealtà verso i tuoi compagni e verso Russell che tredici anni fa mi avevi arrestato in Guatemala, se non mi sbaglio".

"Obbedivo a degli ordini...".

"Già, gli ordini si eseguono senza discutere, lo so, era la prima regola, e obbedivate a degli ordini, tu e Steve, anche quando mi avete piazzato in quella tenda, con le mani e i piedi legati, con la schiena appoggiata al palo al quale mi avevate incatenato.

Tre giorni mi avete lasciato lì, senza che io potessi fare il minimo movimento; mi avevate legato anche le ginocchia, così che non potevo piegare nemmeno le gambe. Non ti era sembrato un po' troppo crudele?".

"Anche questi erano stati gli ordini, non toccava a me decidere. E poi l'altra alternativa per te era la fucilazione immediata, in fondo ti era andata ancora bene".

"Tu credi? D'accordo, allora anche tu, prima di morire, resterai qui per tre giorni, senza poterti muovere; vedremo come ti sentirai. Scommetto che mi pregherai di ammazzarti prima del tempo".

Sospirò:

"Adesso ti racconto una cosa che certamente non sai: quando i poliziotti che mi aspettavano all'aeroporto mi presero in consegna, visto che non ero proprio in forma, mi portarono subito nell'infermeria del carcere.

Dopo avermi fatto spogliare, il medico della prigione rimase allibito nel constatare che avevo tutto il corpo completamente ricoperto da centinaia di morsi e punture di insetti; non mi avevano risparmiato nemmeno un centimetro quadrato di pelle. Essendo del tutto immobilizzato, non avevo potuto difendermi da quelle bestiacce che mi si infilavano ovunque provocandomi un dolore e un prurito insopportabili, e non potevo nemmeno grattarmi!

Fu un vero e proprio supplizio; ti giuro che, se avessi avuto la possibilità di tentare la fuga, l'avrei fatto, contando sull'ordine di Russell di spararmi.

Meglio morire che essere sottoposto a quella tortura continua".

Istintivamente mi guardai intorno; Bob rise.

"Tranquillo, qui non ci sono insetti, per lo meno non tanti come laggiù, però ci sono parecchi topi che, richiamati dall'odore del tuo sangue che hai sulla testa, sul viso, sul collo, sulla maglietta e sulle mani, ti morderanno con quei bei denti aguzzi e, come me, non potrai difenderti da loro.

Ma intanto tu sopporti bene il dolore, vero? Quindi non devi preoccuparti e poi, fra tre giorni morirai e tutto finirà".

Ora capivo perché uccideva ogni tre giorni: era il tempo in cui era rimasto legato e prigioniero in quella tenda.

"Perché mi hai cercato? Perché vuoi ammazzarmi? Non ti bastano tutti i cadaveri che ti sei già lasciato alle spalle?" Gli chiesi.

Alzò le spalle.

"Sai James, mi serviva una vittima da immolare sul penultimo gradino: un devoto e leale servitore dello Stato.

Mi sei venuto in mente tu, in fondo è colpa tua che ti sei messo sulla mia strada, tu che sei sempre stato pronto a dare la tua vita per il tuo Paese.

Ora è arrivato il momento di farlo; dovresti sentirti onorato: dopo di te toccherà all'uomo che impersonifica lo Stato e il Paese, il Presidente.

Inoltre, ho pensato che, prendendo te, avrei unito l'utile al dilettevole: da una parte avrei avuto la nona vittima, dall'altra, finalmente, avrei potuto vendicarmi di tutto quello che avevo passato tredici anni fa per colpa tua".

"Bob, quando ci siamo conosciuti, eri un ragazzo forte, coraggioso, determinato a fare il nostro lavoro con lealtà e con senso del dovere. Perché sei diventato così? Cos'è che ti ha cambiato?".

Sorrise amaramente.

"Vuoi proprio saperlo? Bene, te lo dirò, intanto abbiamo

ancora parecchio tempo da passare insieme prima che arrivi il tuo ultimo istante di vita".

Prese un'altra sedia e si sedette di fronte a me.

"Dunque, James, ascolta: un anno dopo che fui entrato nel Corpo d'azione, mia madre, che era ancora molto giovane, aveva poco più di quarant'anni, si ammalò gravemente.

Era una malattia terribile, che la paralizzava a poco a poco, giorno dopo giorno, progressivamente, provocandole dei lancinanti dolori in tutto il corpo, ma lasciandole, purtroppo, la mente perfettamente lucida.

Le facemmo fare cento visite, centinaia di esami, consultammo decine di specialisti diversi, ma il responso dei medici fu chiaro e concorde: la paralisi era inarrestabile, alla fine sarebbe morta soffocata.

L'unica cosa che si poteva fare era darle dei farmaci che ne avrebbero rallentato il decorso e degli antidolorifici per lenirle le sofferenze.

Per un po' andammo avanti così, poi, un giorno, mi arrivò una lettera dall'assicurazione in cui un solerte impiegato mi comunicava che, avendo superato il limite massimo di spesa consentita, da quel momento non avremmo ricevuto più nemmeno un dollaro per curarla.

Il tuo Stato, quello in cui tu credi tanto, per cui sei pronto a dare la vita, ci abbandonava in una situazione disperata.

Mio padre, dopo trentacinque anni di lavoro in una Ditta era stato licenziato da poco, per "svecchiamento del personale".

Si era ritrovato, a cinquantacinque anni, senza lavoro e con una pensione da fame perché non aveva ancora raggiunto i sessant'anni.

Il nostro stipendio, tu lo sai bene, non mi permetteva di comprare i medicinali costosissimi; unito a quello di mio padre, ci bastava appena per vivere e per una minima parte dei farmaci indispensabili.

Demmo fondo a tutti i nostri risparmi; decisi allora di andare nella banca dove mio padre aveva un conto, oramai ridotto al lumicino, per cercare di ottenere un prestito.

Chiesi un colloquio con il Direttore; mi ricevette, mi lasciò parlare, poi, da perfetto burocrate, mi rispose che capiva la mia situazione, che era molto dispiaciuto, ma io, che non potevo certo rivelargli che appartenevo ai Servizi Segreti, come militare di un Corpo speciale - così mi ero presentato, del resto era la mia copertura - non gli davo garanzie sufficienti per concedermelo.

Pensa, arrivò persino a dirmi che se io fossi morto in una missione, la sua banca ci avrebbe rimesso tutti quei soldi!

Uscii da lì disperato; mia madre, oramai senza farmaci, peggiorava a vista d'occhio, ma, quello che era peggio, è che gridava giorno e notte per i dolori, e io non potevo fare niente per lei..."

Lo interruppi:

"Perché non ti sei rivolto a Fred? Sai che ha sempre cercato di aiutare in tutti i modi i suoi ragazzi".

"Non lo so, forse mi vergognavo, forse temevo che anche lui mi abbandonasse, forse in quel momento di sconforto assoluto non ci avevo pensato...comunque ora questo non ha più importanza; uscito dalla banca, entrai in un bar e bevvi qualche bicchiere di troppo, tanto che a un certo punto persi i freni inibitori e scoppiai a piangere.

Mi si avvicinò un uomo, mi chiese se avevo dei problemi:

"Come mai un ragazzo robusto e forte come te si riduce così?".

"Ho bisogno di soldi" gli risposi.

Non mi chiese per che cosa, mi fece invece un'altra domanda:

"Cosa sei disposto a fare?".

"Qualunque cosa".

"Bene, vieni con me".

Mi fece sedere a un tavolo in disparte, mi disse:

"Domani mattina vai a questo indirizzo" mi porse un biglietto "e dì che ti manda Vince".

Poi mi batté la mano sulla spalla e uscì.

Tornato a casa, mi rigirai in mano quel biglietto per ore, ma quando mia madre incominciò a gridare disperatamente, decisi che l'indomani sarei andato a quell'indirizzo e avrei fatto qualunque cosa mi avessero chiesto, proprio qualunque.

La mattina dopo mi recai là: era un piccolo ufficio di trasporti; trovai un altro uomo al quale spiegai che mi mandava Vince.

Mi squadrò, poi mi diede delle chiavi.

"Lì c'è un furgone, prendilo e vai in questo magazzino" mi porse un pezzo di carta con un indirizzo "scarica la merce, mettila dove ti indicheranno e poi torna qui".

Per un attimo pensai:

"Mi sta fregando, mi fa fare un lavoro e poi non mi paga".

Ma decisi di obbedire, intanto non avevo niente da perdere, se non un po' del mio tempo; vedi, anche in questo caso bisognava obbedire senza discutere, e io per fortuna c'ero abituato.

Andai in quel magazzino, scaricai gli scatoloni che si trovavano nel furgone, li misi dove un tizio mi indicò e tornai indietro.

L'uomo mi diede cinquecento dollari.

Ti rendi conto? Una cifra così alta per un paio d'ore di lavoro.

Capii immediatamente che si trattava di qualcosa di sporco, ma non dissi niente.

Mi domandò se ero disposto a fare qualche altro lavoretto senza chiedere mai spiegazioni.

Gli risposi di sì, che sapevo tacere al momento giusto; mi chiese il numero del cellulare e mi assicurò che presto mi avrebbe chiamato.

Corsi subito a comprare i farmaci per mia madre; per qualche giorno avrebbe potuto riposare tranquilla.

Dopo un paio di giorni l'uomo, che si chiamava Bill, mi chiamò.

Andai da lui; mi disse che dovevo fare una consegna di una merce molto delicata, mi diede le chiavi del solito furgone e l'indirizzo dove dovevo recarmi. Partii immediatamente; quando arrivai, un paio di giovani mi vennero incontro e mi aiutarono a scaricare.

Mentre stavamo sistemando la merce in un magazzino, uno di loro fece cadere uno scatolone che si aprì; si affrettò a chiuderlo, ma io feci in tempo a vedere che era pieno di sacchetti trasparenti che contenevano una polvere bianca: droga.

Bill mi diede mille dollari!

Continuammo così per quasi tre anni.

Naturalmente io ogni tanto dovevo assentarmi per qualche missione; gli dicevo che avevo degli affari all'estero e che al mio rientro lo avrei contattato.

Nemmeno lui mi chiese mai di che affari si trattava.

Come vedi, avevo una doppia vita e riuscivo a districarmi benissimo; facevo il mio dovere di operativo, riuscivo a mantenere dignitosamente la mia famiglia e anche a comprare le medicine per mia madre e a limitare così le sue sofferenze.

Poi ci fu la famosa missione in Guatemala, per me l'ultima.

Quando dissi a Bill che partivo per il Guatemala, mi rivelò che laggiù aveva un contatto per un lavoro molto importante, che mi avrebbe reso molto.

Questa volta fu loquace, mi spiegò che dei suoi amici dovevano ricevere delle armi che si trovavano in quel momento proprio in quel paese, nelle mani di alcuni trafficanti.

La Polizia locale era però sulle loro tracce e presto, aveva saputo, sarebbero arrivati alcuni soldati dei Corpi speciali, che avevano il compito di intercettarli e di arrestarli.

Se i suoi amici avessero ricevuto regolarmente la merce che attendevano, avrebbero sborsato una bella cifra ai trafficanti e questi ultimi ne avrebbero dato un'ingente parte a chi li avesse aiutati a sottrarsi all'arresto e a portare a termine la consegna.

Mi venne un'idea; ti confesso che oggi la maledico, ma allora mi sembrò un'ottima soluzione che mi avrebbe consentito di vivere senza la paura che, improvvisamente, i soldi finissero e che io non fossi in grado di procurarne rapidamente degli altri.

Cerca di capirmi, James, in quei tre anni quello che avevo

guadagnato l'avevo, mano a mano, speso tutto per curare mia madre e per vivere dignitosamente; non potevo permettermi nessun extra e nessun divertimento, nemmeno una ragazza.

Pazienza, ma, se per caso, non mi avessero più affidato nessun incarico? Cosa sarebbe successo? Come avrei potuto continuare a comprare i farmaci e a mantenerci tutti e tre?

Questa poteva essere la svolta decisiva della mia vita.

Mi scoprii, gli dissi che io ero uno di quei soldati e che se il compenso fosse stato molto alto, avrei potuto avvisarli di ogni loro mossa.

Pattuimmo una cifra adeguata, divisa in due *tranches*: una parte dopo le prime soffiate e l'altra parte a lavoro ultimato; erano parecchi soldi ogni volta, e tu lo sai perché me li hai sequestrati e li hai anche dati a Russell.

Che scemo! Almeno te li fossi tenuti!

Il resto lo conosci, ma forse non hai saputo come sono andate le cose dopo che mi avete consegnato alla Polizia; ora te lo dico io: mi avevano condannato a otto anni, ma tre me li condonarono per buona condotta.

Passai quindi cinque anni in carcere, durante i quali mia madre, rimasta senza farmaci, morì fra atroci dolori; mio padre, distrutto, rimasto solo, la seguì in breve tempo.

Un giorno, al colmo della disperazione, non resistette più, prese la mia pistola e si sparò un colpo in testa".

Ora capivo anche la modalità con cui lui uccideva le sue vittime.

Intanto Bob proseguiva:

"Quando uscii di prigione, non avevo più niente, lo Stato, il tuo Stato, mi aveva strappato tutto: i miei genitori, la casa che mio padre aveva pagato in vent'anni di risparmi, i pochi soldi che mi erano rimasti.

Mi avevano confiscato la casa e i soldi per "ripagare" i danni che io avevo provocato alla comunità.

Pensa James, avevo appena compiuto ventotto anni, ero solo, senza un tetto sulla testa, senza un soldo, senza amici.

Cosa potevo fare?

Mi rivolsi a Bill; mi disse che per il lavoro che facevo prima oramai ero bruciato, però poteva mettermi in contatto con alcune persone che arruolavano i mercenari. Accettai; con la preparazione che avevo avuto nei Servizi, fu un gioco da ragazzi farmi prendere.

Per quattro anni girai il mondo, andai ovunque mi chiamassero, purché pagassero bene; mi trovai persino a combattere contro gente al cui fianco avevo combattuto.

Poi Bill mi offrì di fare da Body-Guard per un pezzo grosso della mafia, e anche questa volta accettai: mi pagava di più.

Feci questo lavoro per tre anni, cambiando spesso padrone e città, poi un anno fa decisi di smettere, di prendermi un periodo di riposo; andai a vivere in California, otto mesi fa ritornai qui, dove avevo vissuto la mia infanzia e la mia giovinezza, dove erano morti mia madre e mio padre".

Tacque, ne approfittai per fargli un'altra domanda:

"Ma perché questi delitti, Bob? Capisco il tuo dolore, la sofferenza per tua madre e tuo padre, capisco anche che tu abbia accettato per loro di fare dei lavori disonesti, riesco a comprendere persino le ragioni del tuo comportamento in Guatemala, ma adesso? Cosa c'entrano quelle morti con tutto questo? Cosa ti è saltato in mente?".

Rise, ma fu un riso amaro.

"Vedi, James, in tutti questi anni ho maturato un odio feroce contro questa società fatta di ipocriti; da noi hanno sempre preteso lealtà, coraggio, onore, sacrificio.

Ma onore per chi? Solo per chi comanda, solo per i "potenti" che si riempiono la bocca di belle parole e poi ti schiacciano come vermi, senza alcuna pietà e senza alcun rimorso.

Pensa a mio padre, cacciato via a cinque anni dalla pensione, a un'età in cui nessuno ti dà più da lavorare; pensa a mia madre, costretta a morire fra le sofferenze più atroci perché né l'assicurazione, né lo Stato volevano spendere più un centesimo per lei, mentre mantiene, a nostre spese, i peggiori delinquenti in galera.

Dimmi, non ti sembra giusto che tutti debbano pagare il male che hanno fatto e che fanno?

Tutti, senza distinzione, dal più miserabile al primo cittadino americano, il Presidente, che permette tutto questo, facendo finta di non sapere, di non vedere.

Uno per ogni gradino della scala sociale, perché tutta questa società è marcia, tutta colpevole delle ingiustizie, delle sofferenze, del male che ci circonda".

"Ma tu, che ti ergi a giudice e a boia, pensi di essere migliore?".

"E tu, James, quando vai in missione e uccidi a sangue freddo degli esseri umani, non ti ergi anche tu a giudice e a boia? Certo, ti hanno spiegato che lo fai per salvare altre vite, che lo fai per la gloria del tuo Paese, che quello che fai è giusto. Ma ne sei proprio sicuro?".

"Si, Bob, ne sono sicuro. E' vero, anch'io uccido, ma so che lo scopo, come dici tu stesso, è di salvare altre vite innocenti, di liberare popoli oppressi che altrimenti resterebbero per sempre degli schiavi.

Ma forse è inutile dirti queste cose, anche tu le conosci bene, solo che le hai rifiutate, hai preferito il denaro all'onore, parlo del tuo onore..."

Non mi lasciò finire di parlare:

"Il mio onore? Ma col mio onore noi non mangiavamo, col mio onore non potevo certo curare mia madre.

No James, tutto quello che mi dici mi convince sempre di più che devo ucciderti, che, secondo il mio modo di vedere, è giusto che lo faccia perché tu sei esattamente come loro, come quelli che parlano di onore, di giustizia e riempiono la testa degli altri di sciocchezze per piegarli al loro volere.

Anche se, in fondo, penso che la tua unica colpa sia quella di esserti lasciato convincere a portare avanti dei principi che hanno fatto di te uno schiavo del "Potere", lo schiavo di uno Stato che, anziché proteggere i suoi figli, li schiaccia e poi li abbandona al loro destino.

Ora, per ironia della sorte, tu sei qui, nelle mie mani, abbandonato alla mia volontà e senza nessuna protezione.

L'unica cosa che mi dispiace è che, quando ti punterò la pistola alla testa, non potrò leggere nei tuoi occhi la paura, perché so benissimo che morire non ti spaventa, come non spaventa me.

Invece, è stata una grande gioia, te lo assicuro, vedere il terrore invadere tutti gli altri che ho ammazzato prima di te, mi sono sentito veramente un dio: solo io in quel momento potevo decidere della vita di un altro essere umano e più quello aveva paura, e più ero felice di eliminarlo.

Pensa, poveri idioti, credevano veramente che se mi avessero obbedito, se avessero fatto tutto ciò che gli ordinavo, li avrei risparmiati; e io glielo lasciavo credere, alimentavo la loro speranza e intanto prolungavo la loro agonia.

Avessi visto la delusione disperata e il terrore che avevano negli occhi, quando, alla fine, gli puntavo contro la pistola e dicevo che mi dispiaceva tanto, ma che avevo deciso di ucciderli ugualmente.

In fondo l'unica cosa che so fare è combattere, e un dio della guerra non può far altro che uccidere, è la sua ragione di esistere".

"E allora perché non mi ammazzi subito? Tu uccidi ogni tre giorni, l'ultima vittima risale proprio a tre giorni fa, ora io sono qui, davanti a te, legato, senza possibilità di difendermi, perché vuoi aspettare altri tre giorni? Non sono io la tua ottava vittima?".

Scosse la testa.

"No, perché prima di venire qui, mentre tu eri svenuto, io ho già ucciso; fra poco lo troveranno, anche lui con il suo bel buco in fronte, come gli altri.

Vuoi sapere chi era? Era il direttore della banca, proprio quello che, a quei tempi, mi aveva negato il prestito.

Prima di ammazzarlo mi sono fatto riconoscere, doveva sapere che moriva per non avermi aiutato quando lo avevo implorato di farlo; adesso era lui a implorarmi di avere pietà…era disperato, il vigliacco, si era dimenticato di quanto ero disperato io allora.

Forse se quella volta avessi ottenuto quei soldi, la mia vita sarebbe stata diversa, forse sarei ancora un agente operativo, forse non starei per eliminare un mio ex compagno.

Vedi, James, come vanno le cose? Un piccolo, stupido burocrate ha deciso in pochi minuti il destino mio e quello di tante altre persone, compreso il tuo…e il suo".

"Non riesco però a capire perché tu abbia ammazzato anche dei poveri disgraziati, degli esseri innocenti: il barbone, il tossicodipendente, il ladruncolo, la prostituta…Perché Bob?".

"Dei poveri disgraziati, degli innocenti, tu dici?".

Avvicinò la sedia a me, forse perché pensava che così lo capissi meglio, o forse perché ciò che stava per dirmi lo riteneva più "confidenziale", poi continuò:

"Allora ascoltami bene: il barbone era un furfante che ingannava la gente, la impietosiva per farsi dare dei soldi e poi se li andava a bere; si fingeva cieco e zoppo, ma ti giuro che quando gli ho puntato la pistola contro, mi ha visto benissimo e ha anche cercato di scappare correndo a gambe levate.

Il tossicodipendente spacciava, quindi arricchiva i trafficanti di morte; quelli sì che sono degli assassini che uccidono migliaia di persone senza nemmeno il coraggio di farlo personalmente.

Il ladruncolo rubava ai poveracci come lui, non ai ricchi, non era in grado di farlo.

Sua madre, povera donna, si ammazzava di fatica per mantenerlo.

Quando la madre finiva i soldi, si faceva beccare dalla Polizia che lo sbatteva in prigione, e lì mangiava e beveva gratis, alla faccia di tutti quelli che lavorano per vivere.

La prostituta era malata di AIDS, lo sapeva, ma non lo diceva ai clienti, aveva paura che non volessero più andare a letto con lei e quindi di rimetterci un bel po' di quattrini.

Quante persone pensi che avrà contagiato? Quanti moriranno per causa sua? Piangeva, sai, prima di morire, ma pensa quanta gente piange e piangerà per colpa sua.

E non mi chiedi perché ho ammazzato anche il cinese, l'impiegato di un'assicurazione e un famoso avvocato? Non importa, te lo dico lo stesso.

Il cinese vendeva giocattoli tossici. Ti ricordi che un bambino era morto e altri erano stati intossicati da pastelli che contenevano sostanze velenose?

Beh, andai nel suo negozio a controllare; lo sai? Li continuava a vendere, il disgraziato, sapeva che erano pericolosi eppure continuava a venderli tranquillamente, fregandosene del dolore che avrebbe potuto arrecare a tante famiglie.

E pensare che aveva due figli anche lui, due bambini dell'età di quello che era morto!

L'impiegato dell'Assicurazione aveva il compito di scrivere le lettere come quella mandata a suo tempo a mia madre:

"... Siamo spiacenti di doverle comunicare che, avendo lei oltrepassato il tetto consentito per le cure mediche, in data odierna siamo costretti a recedere..."

Capisci, lui e i suoi colleghi avevano il coraggio di scrivere che erano "spiacenti", eppure sapevano che così la gente non poteva più curarsi e che quindi era condannata a morire, magari soffrendo terribilmente come mia madre.

L'impiegato scriveva, firmava, ma credi che si sia mai chiesto a chi mandava quelle lettere, quali erano i drammi che avrebbero vissuto quelle persone?

No, a lui non importava, per lui erano solo dei nomi, non degli esseri umani che sarebbero caduti nella disperazione insieme alla loro famiglie; il loro dolore non lo sfiorava per niente.

L'avvocato, poi, era il difensore dei mafiosi; sapeva perfettamente che i suoi clienti erano dei delinquenti, degli assassini, eppure non aveva la minima remora a difenderli, a costruire alibi falsi, a pagare testimoni falsi per farli assolvere.

E tutto questo lo so bene, perché purtroppo anch'io ho lavorato per loro come Body-Guard, ne avevo bisogno per vivere...però qualche soddisfazione me la sono presa scopandomi le loro donne.

E poi le mie conoscenze dei mafiosi mi hanno permesso di attirarlo in una trappola; credeva di andare da un nuovo cliente, da un boss che aveva bisogno di lui e che gli avrebbe pagato una parcella con parecchi zeri…e invece andava incontro alla morte.

Dimmi la verità, James, non credi anche tu che meritavano tutti di morire?".

Fece una pausa.

Ne approfittai per cercare di convincerlo ad arrendersi; in coscienza non mi sentivo di dargli completamente torto, purtroppo quelle persone si erano macchiate di colpe molto gravi, moralmente deprecabili, ma non potevo ammettere che si facesse giustizia da solo.

"Bob, fermati; sono sicuro che in fondo tu sei ancora quello di diciotto anni fa. La vita ti ha travolto, ti ha fatto soffrire, ma tu sei sempre il ragazzo forte e coraggioso di allora.

Dalle tue parole è evidente che dentro di te esistono ancora dei valori, dei principi di giustizia che non sei riuscito a far tacere del tutto.

Tu sai esattamente qual è la differenza fra il male e il bene, ma nella tua disperazione pensi di dover punire personalmente i corrotti, i parassiti, gli assassini, e così diventi un assassino anche tu.

Fermati, liberami, e io testimonierò che ti sei arreso spontaneamente e che sei pentito. Pensaci, valuta le mie parole".

Scosse la testa e i capelli gli ricaddero sulla fronte; li ricacciò indietro col suo solito gesto.

"No James, è troppo tardi; se mi fermo ora, tu mi arresterai e io finirò in galera, ma con i delitti che ho commesso, mi condanneranno a morte.

Io sono un guerriero, non voglio morire legato a un lettino con un ago in vena, davanti a un pubblico, magari anche ripreso dalla televisione.

A volte penso che se Russell tredici anni fa mi avesse fatto fucilare immediatamente, per me sarebbe stata una fortuna.

Finirò il mio compito, ucciderò te e dopo anche il Presidente; tu sai che il nostro addestramento ci ha messi in grado di difenderlo, ma anche di ammazzarlo, e io ci riuscirò nonostante tutta la protezione da cui è circondato.

Dopo averlo ucciso, mi ucciderò, proprio perché, come hai detto tu, anch'io sono colpevole.

Il dio della guerra, il guerriero, rivolgerà la sua arma contro di sé: e questa è la vera giustizia".

"No Bob, se ti arrendi ora, non morirai. Dimentichi che non siamo in California, che qui a Washington non si applica più la pena di morte?

Quando avranno ascoltato tutto quello che hai detto a me, i giudici capiranno che hai agito spinto da un dolore più grande di te e ti condanneranno sì a una pena detentiva, magari lunga, ma non all'ergastolo, ne sono certo.

Sei ancora giovane; se ti comporti bene forse quando uscirai avrai il tempo di farti una nuova vita".

Sospirò.

"E credi che marcire in prigione sia meglio che morire? Dici non all'ergastolo? A una pena detentiva lunga? Chissà, magari a trenta o quarant'anni.

Ci sono stato cinque anni in galera, e ti assicuro che è come essere all'inferno e allora all'inferno è meglio andarci veramente".

Tirò fuori la pistola.

"Anzi, ho deciso, ti ammazzo subito, perché aspettare tre giorni? Prima concludo la mia opera, prima potrò liberarmi da questa vita che mi ha fatto solo del male.

In fondo posso anche rinunciare al Presidente, intanto morto lui ne verrà un altro che si comporterà allo stesso modo, ignorando la disperazione della gente come me; mi fermerò al nono gradino, al difensore integerrimo di uno Stato che mi ha portato via anche la vita.

Ti ucciderò e poi mi ucciderò, sarò io l'ultimo gradino, il decimo, della mia scala; vedi, James, com'è il destino? Il buono e il cattivo ora all'inferno ci andranno insieme".

Mi puntò la pistola alla testa; lo guardai fisso negli occhi e pensai:

"Questa volta è proprio la fine. Julie, sono costretto a farti soffrire come ho fatto soffrire Raquel, perdonami, e che Dio ti aiuti".

In quel momento sentii una voce:

"Hai ragione, Bob, all'inferno è meglio che tu ci vada subito, ma da solo".

Era Steve!

Bob si voltò di scatto e fece per sparare, ma Steve aveva già premuto il grilletto; cadde e non si mosse più.

Steve corse da me.

"Hai visto, James, anche lui ha avuto il suo bel buco in fronte, come le sue vittime. Questa volta sei tu che devi ringraziare il cielo per la mia mira".

Mi slegò e mi abbracciò.

"Così vanno le cose fra noi due, fratello, ogni tanto dobbiamo salvarci la vita a vicenda, se no non siamo contenti.

Mills è qui fuori con la sua squadra, ma ho voluto entrare da solo; questa era una cosa che toccava a me, che dovevo fare io".

Mills arrivò pochi minuti dopo, e fece portare via il cadavere, poi mi strinse la mano dicendo:

"Bravo James, hai mantenuto una calma invidiabile fino all'ultimo, e senza sapere che noi eravamo qui".

"Grazie" dissi "sono abituato a guardare la morte in faccia, non è la prima volta che succede. Ma come avete fatto a trovarmi?".

"Semplice" rispose Steve "quando sei uscito per venire all'appuntamento con Bob, nonostante io avessi cercato di fermarti, ma si sa che tu sei un gran testone, ti ho preso per la maglietta e ti ho tirato verso di me, ti ricordi?".

Feci segno di sì con la testa.

"Bene, mentre ti pregavo di non andare, ti ho attaccato sulla pelle, sotto la maglietta che avevo sollevato, una cimice.

Tu non ti sei accorto di niente, sono stato veramente abile, ma non è tutto merito mio: si tratta di una cimice nuovissima, piccola e sottile come una lenticchia; se ti avesse perquisito, non l'avrebbe trovata".

"Mi ha perquisito, infatti".

"Vedi? Cosa ti ho detto? Stamani, quando Mills mi ha avvisato che Bob ti aveva cercato, sono andato a parlare con Fred, intanto tu eri impegnato con le reclute.

Gli ho spiegato che avevo paura che ti tendesse una trappola, e lui ha convenuto che avevo ragione; gli ho fatto poi presente che tu, con la testa dura che hai, avresti cercato di convincerlo ad arrendersi, anche rischiando la tua vita.

Anche su questo mi ha dato perfettamente ragione, così mi ha consegnato questo oggettino.

Purtroppo, per non so per quale diabolico motivo, ha incominciato a trasmettere solo una mezz'ora fa; ti abbiamo localizzato e ci siamo precipitati qui con la paura di arrivare troppo tardi, con l'ansia che potesse ammazzarti mentre eravamo per strada".

Si fermò e mi sorrise.

"Per fortuna abbiamo sentito che aveva l'intenzione di ucciderti fra tre giorni, a questo punto siamo rimasti in ascolto per capire cosa gli passava in quella sua mente malata, pronti a intervenire al minimo accenno di un pericolo immediato.

Abbiamo ascoltato tutto e ti dico la verità che ci ha fatto anche molta pena.

Poi ho preso la decisione di entrare, intanto prima o poi avrei dovuto ammazzarlo e allora perché aspettare ancora?

In quell'istante ho sentito che voleva farti fuori subito e ho visto che ti puntava la pistola alla testa.

Sono sicuro che se avessi provato ad arrestarlo, avrebbe cercato di farci fuori tutti e due, e poi si sarebbe suicidato.

L'ho solo preceduto e credo, in fondo, di avergli fatto un piacere.

Ora basta con le chiacchiere, andiamo via".

Mi fece salire sulla mia moto, si mise alla guida e mi portò a casa sua, la sua vecchia casa, per non farmi vedere in quelle condizioni né da Julie, né da Maureen; mi aiutò a ripulirmi del sangue rappreso che avevo sui capelli, sul collo, e che era colato sulla maglietta, me ne diede anche una delle sue per cambiarmi.

Mi medicò la ferita che mi ero procurata su di uno zigomo cadendo per terra; gli insegnai a medicarmi i polsi dove si erano formate due profonde strisce di carne viva e sanguinolenta.

Alla fine mi disse:

"Devo metterti per forza un cerotto sulla faccia e bendarti tutti e due i polsi. Sono curioso di sapere che cosa racconterai a Julie".

"Semplice, questa volta le dirò la verità. Non abbiamo lavorato sotto copertura, non eravamo in una missione legata al segreto, quindi le racconterò tutto per filo e per segno".

"Ma scherzi? la spaventerai a morte".

"Forse è bene che incominci ad abituarsi a queste cose. Secondo te, come potrei giustificare le mie ferite? Lo zigomo, ancora, posso dire che sono caduto e ho picchiato per terra, ma i polsi? Tutti e due? No, è meglio la verità".

Guardò l'ora.

"Fa' come vuoi. Comunque sono le tre, fermiamoci a dormire qui, torneremo a casa domani mattina, è inutile svegliare le ragazze".

Gli diedi ragione.

Prima di addormentarmi, gli confidai:

"Sai Steve, mi dispiace veramente per Bob, ha sofferto molto, ha avuto una vita difficile, è rimasto solo anche lui troppo presto.

Se avesse avuto un amico con cui parlare e confrontarsi, probabilmente non sarebbe uscito fuori di testa e non avrebbe fatto tutte quelle cazzate.

Era impazzito, povero ragazzo, troppo dolore, non è riuscito a sopportarlo; avrei proprio voluto poterlo aiutare, salvarlo…"
Non mi lasciò finire il discorso.

"Invece lui voleva solo ammazzarti" bofonchiò già mezzo addormentato "certo che non ha avuto la fortuna che hai avuto tu nel trovare un amico paziente e disponibile come me. Ora però taci e dormi, per favore, perché casco dal sonno".

L'indomani mattina chiamai Fred e gli raccontai esattamente tutto quello che era successo e anche quello che mi aveva raccontato Bob.

Purtroppo mancavano ancora dei particolari che non avremmo mai saputo, perché se li era portati per sempre con sé, là dove era andato; sperai che ora avesse finalmente trovato la pace.

"Poveraccio!" Esclamò Fred "non poteva che finire così".

Aveva ragione: lui, il guerriero che si credeva un dio, aveva costruito passo dopo passo il suo destino e si era condannato a morte da solo.

Era stata la sua scelta, doveva proprio finire così.

Anche questo era stato, come aveva detto lui stesso, un atto di vera giustizia.

IL PERCHE' DELLA DEDICA

Quando il 19 Febbraio 2012 i nostri due Marò Salvatore Girone e Massimiliano Latorre furono arrestati dalla Polizia indiana con l'assurda accusa di aver ucciso due pescatori, scambiandoli per pirati, io avevo già scritto un certo numero di libri.

Di questi libri, romanzi di azione, erano e sono protagonisti due operativi di una rinomata Agenzia di Servizi Segreti americani; agenzia naturalmente inventata, come inventati sono tutti i personaggi e le imprese che compiono in giro per il mondo.

Eppure fra questi due personaggi di fantasia, James e Steve, e i nostri due Marò, Salvatore e Massimiliano, (mi perdonino se li chiamo così, semplicemente per nome, ma in questi due anni di partecipazione alla loro sofferenza mi sono diventati familiari) mi balzarono subito agli occhi degli evidenti parallelismi.

Prima di tutto il fatto che fossero due militari in missione a subire insieme questa incredibile ingiustizia; poi l'amicizia che li univa e li unisce nel lavoro e nella vita, nel bene e nel male.

Valore infatti fondamentale nei miei romanzi è il rapporto di profonda amicizia che lega i miei protagonisti e che li accomuna, li sostiene e li conforta in ogni situazione in cui si vengono a trovare, sia essa gioiosa o triste, esaltante o disperata.

Questo legame è ancora più evidente nei libri che io chiamo "della sofferenza", nei quali James e Steve devono superare dei momenti particolarmente dolorosi, umilianti, pericolosi; in queste circostanze è proprio il vincolo di amicizia, che li unisce, a dar loro la forza di tirare avanti, di non abbattersi di fronte all'avversità della sorte, di attraversare insieme l'oscurità per riemergere, sempre insieme, alla luce.

E mi pare che anche per Massimiliano e Salvatore, come essi stessi hanno dichiarato, l'amicizia è stata ed è, in questa triste vicenda, un riferimento sostanziale.

Poi c'è lo "spirito di Corpo", che fa sì che James, Steve e i loro colleghi siano soprattutto dei compagni per i quali si è pronti a dare tutto, anche la vita, se necessario; e credo fermamente che tutti i ragazzi del glorioso Battaglione San Marco siano animati da questo stesso intendimento.

Infine ci sono i principi fondamentali, a cui i miei protagonisti non vengono mai meno: il Dovere, l'Onore, la Lealtà, il Sacrificio; mi sembra che i nostri Marò abbiano dimostrato ampiamente di sapersi riferire a essi senza cedimenti di sorta.

Ultima, ma non meno importante, la Dignità con cui si devono saper affrontare le difficoltà, le sofferenze e le umiliazioni e che Massimiliano e Salvatore posseggono in maniera eclatante.

Spero che non si offendano se li paragono a dei personaggi di fantasia; per scusarmi vorrei riuscire a far capire che io considero James, Steve, e tutti i loro compagni e amici, delle persone reali: quando ne descrivo le azioni, i sentimenti, le pene, io le vivo intensamente con loro, dentro al mio cuore.

E confesso che allo stesso modo ho vissuto e vivo con i nostri Marò e con le loro famiglie l'angoscia di un'accusa ingiusta e di una ingiusta carcerazione.

Per tutti questi motivi decisi fin dall'inizio, che se un giorno i miei libri, quelli già scritti e quelli che avrei scritto in futuro, fossero stati pubblicati, le uniche persone a cui avrei voluto dedicarli, sarebbero stati questi due ragazzi di cui tutti noi dobbiamo andare fieri.

Ho mantenuto fede al mio impegno: il mio primo libro pubblicato: "La morte non la puoi ingannare" l'ho dedicato a loro e lo stesso è stato per tutti quelli che ho pubblicato e per quelli che, spero, avrò la gioia di poter ancora pubblicare.

Grazie, Massimiliano e Salvatore, avete risvegliato in noi l'orgoglio di essere Italiani.

Simonetta Scotto

INDICE

Finito di stampare nel mese di Dicembre 2015
per conto di Youcanprint *Self - Publishing*